Buchwerkstatt Collorgues
Autor: Clemens Walter
Umschlaggestaltung:Jürgen Paqué

ISBN: 978-3-8495-0357-4
Verlag: tredition GmbH, Hamburg

Printed in Germany

Il est un âge dans la vie,
Où chaque rêve doit finir.
Un âge où l'âme recueillie
A besoin de se souvenir.

(Frédéric Bérat)

Inhaltsverzeichnis

In vino veritas 4
La vie conjugale 6
rien ne va plus 9
...und dann kommt die Moral 11
Keine Lust auf Frust...13
Essen & Trinken hält Leib und Seele zusammen 15
Das Küchenhandtuch der Renée 17
Marie, Marie... 18
Gerechtigkeit 21
Die Bar du Progrès...23
Lesen bildet..25
Stilsicherheit...26
Ars vivendi / Design oder Nichtsein.....................................28
Die Haut 30
Spurensuche..32
Handel und Wandel / Idefix.................................34
Weiter 36
un amour fou..38
Wer heilt hat Recht...42
Heimatland...44
Über alle Grenzen unbeliebt..46
Tele-kommunikation..49
Musik kennt keine Grenzen.................................51
Fasten, fühlen und verstehen......................................53

Table

Si la musique renaît dans ton âme.................................58
À la recherche du temps perdu.................................60
As time goes by.................................63
Auto-vision.................................65
Le pouvoir du destin.................................67
Bouleversement intégral.................................69
Ça arrive.................................71
C'est la vie.................................73
C'est l'hiver.................................75
Cherchez la femme.................................78
Voyage, voyage.................................80
A whiter shade of pale.................................82
Le coquelicot aussi est une belle fleur.................................83
coup de foudre.................................84
Le Crédit Lyonnais.................................86
Les pièges de la langue.................................89
Oui, ça ira, ça ira.................................91
L'évolution positive se poursuit.................................93
Éloge de la lenteur.................................95
Une enfance étrange.................................97
Épicez vos fêtes.................................100
…et puis la morale.................................102
Nos étés beaucoup trop courts.................................104
L'étranger n'est étrange que dans un pays.................................106
Vive l'Europe II.................................109
Communication et frustration.................................111
Nos étés trop courts.................................113
Home is where you make it.................................115
Impossible n'est pas français.................................118
In vino veritas.................................121

In vino veritas II..123
Inoubliable..125
Jean le Bienheureux...127
Venise, la vieillesse...la suite...129
À la bonne franquette..131
La chambre de Mine...133
La musique ne connaît pas de limites..............................135
La musique remplit la vie...137
Les limites de l'électronique...139
Le Bar du Progrès..141
Les cafés des grandes villes..144
L'habit fait le moine...146
Liberté, Fraternité, Égalité..148
Vive l'Europe 150
Qui, comme Ulysse, a fait un beau voyage......................152
Magret de canard...154
La lecture forme l'esprit...155
La maîtresse noire..157
Mémento mori...160
Mets de l'huile...162
Des mœurs et des coutumes..164
La petite différence..166
L'oisiveté est la mère de tous les vices............................167
On the road again (le salaire de la peur).........................170
Opéra mundi..174
L'ordre et la discipline 176
Petit papa noël...178
Et les nouvelles positives?...180
Lève tes yeux au ciel (que le saucisson tombe)...............182

In vino veritas

Leidig ist   im Süden bei manch einem   die Geldfrage. Gut, es ist erstaunlich, mit wie wenig man auskommen kann, jedenfalls was Kleidung und Ernährung angeht. Die festen Kosten sind es, die stets wieder Kopfzerbrechen bereiten: Strom, Telefon, Heizmaterial und die Steuern.

Gesine hatte für sich und ihre Tochter eine Möglichkeit gefunden. Die beiden ziehen einen Teil des Sommers über zu den Freunden in das Mazet am Meer in Ste..Marie en Roussillon, da wird im Freien gelebt und geschlafen, und während dieser vier Wochen wird ihr Haus im Dorf an Touristen vermietet. Ihr Nachbar kümmert sich darum.

Nun, zwar gibt es weder einen Garten noch Swimmingpool, dafür ist der Mietzins eben niedriger und die Leute kommen gern wieder.

Natürlich hat auch Gesine schon das Elend des Vermieters erlebt, zum Beispiel, dass Leute Nägel in ihre mühevoll restaurierten Türen kloppen um Sachen aufzuhängen, dass andere sich die Hände an den Vorhängen abgetrocknet haben und so weiter, aber in jenem August war etwas völlig Neues geschehen.

Die Miete war korrekt überwiesen worden, das Haus sauber, kein vergammelter Joghurt im Kühlschrank, das Radio noch ganz und der Stromverbrauch hatte sich in Grenzen gehalten. So weit, so gut.

Freilich muss erwähnt werden, Gesine sammelt Wein. Rotwein.

Nicht so conaisseusenhaft, nein mal dort eine Flasche, mal aus Spanien, den einen oder anderen von der Rhône, auch Bergerac oder von der Loire, was so reinkommt im Laufe der Zeit eben.

Und diese bouteillen lagert sie in der kleinen Kammer unter der Terrasse, kühl, etwas feucht, für die Gelegenheiten im Leben halt.

Ihr kritischer Rundgang durchs Haus nach der Vermietung ließ sie nur kurz in der Kammer stutzen. Ihre Sommergäste hatten im Reinlichkeitswahn offenbar auch ihre Rotsponflaschen vom Staube befreit, witzig eigentlich.Sie bereitete sich einen Milchkaffee.

Doch dann, ahnungsvoll, nahm sie sicherheitshalber Fräulein Tochter bei der Hand und ging noch einmal zu ihrer Weinsammlung.

In der Tat, alle Fächer waren wohl gefüllt, aber ... sie zog eine Flasche, noch eine und eine dritte und erbleichte.

Die Tochter hatte sich mit beiden Händchen ängstlich an sie geklammert, nachdem sie wutentbrannt eine Flasche auf dem Boden zertrümmert hatte: Ihr gesamter Rotweinvorrat, jede Flasche mit eigener Geschichte, das Ergebnis von Jahren - futsch, flöten, weg.

Allerdings, so ganz nicht, schließlich waren ja Flaschen vorhanden, ersetzt, sozusagen, ausgetauscht gegen vin de table aller-ordinärster Herkunft.

Gesine hat noch am gleichen Abend ihre Sommermieter angerufen und um eine Erklärung gebeten, eine kleine Erklärung nur, bitte.

"Wieso", soll der Ehemann, angeblich ein Berliner, völlig irritiert geantwortet haben, "versteh' ick nicht. War doch alles Rotwein, oder? Wir haben doch alles wieder vollgepackt, sind doch alle Flaschen wieder da, oder? Ich weiß gar nicht, was Sie wollen!"

Gesine hat aufgegeben. Ihre Weinkammer ist jetzt mit einem dicken Vorhängeschloss versehen, denn auf Einnahmen aus Vermietungen kann sie wirklich nicht verzichten.

Sie hat sich berichten lassen, in Berlin gäbe es Lokale, wo "Mosel oder 'n Roter?" gefragt wird, wenn man Wein trinken möchte.

La vie conjugale

"Bin ich überhaupt nicht! Ist ja gar nicht wahr!" mault Eugen gelegentlich, wenn ihn mal wieder jemand darum gebeten hat, nicht ganz so aggressiv zu sein, und das hört sich recht trotzig an. Eugen sagt nämlich gern, konfliktscheu sei er nicht, nein, er als positiv denkender Mensch sei vielmehr harmoniebedürfig, jawohl, er bedürfe der Harmonie.

Und wer ihn und seine Geschichten kennt, kann das gut , sehr gut verstehen.

Eugen ist gelernter Lehrer, Studienrat für Deutsch und Geschichte in Frankfurt am Main, und Eugen war dem guten Leben herzlich zugetan, kannte viele Leute, ging gern aus und allenthalben gut gelitten.

Eines Tages, besser eines Abends nun - das ist schon einige Jahre her - verknallte er sich Hals über Kopf in Sylvie, die Französin italienischer Abstammung aus Arles. Waren es ihre schwarzen, fiebrig-glänzenden Mittelmeeraugen, war es ihre Art zu lächeln - wer will es wissen - Eugen jedenfalls war hin und weg , fieberte, schlief kaum, war für die Schule nicht mehr zu gebrauchen.

Er besuchte Sylvie in Arles, nur für eine Woche, kam wieder nach Frankfurt, ging auch wieder seinem Berufe nach, fiel jedoch eines Mittags völlig unerwartet - bumms - rückwärts mit dem Kopf auf einen Heizkörper im Lehrerzimmer.

Es soll drei Tage gedauert haben, bis er wieder zusammenhängende Gedanken formulieren konnte, und es dauerte lange, die Ereignisse zu rekonstruieren.

Sylvie, so erfuhren seine Freunde, hatte von ihren Eltern in der Nähe von Sainte Marie en Roussillon eine Art Ferienkolonie geerbt, so ein halbes Dutzend kleiner Holzhäuschen mit Waschhaus und Grillplatz, nicht weit vom Strand, und die zwei hatten dort einige glückliche und turbulente Tage zusammen verlebt, so turbulent offenbar, dass der arme Eugen völlig fertig nach Frankfurt zurückgekommen war.

Nun, Sylvie hatte ihm auf maternatsmediterrane Art klar gemacht : Heirat oder überhaupt gar nicht.

Derartige Alternativen können selbst gemütvolle Männer verwirren; Eugen fühlte sich vollends überfordert. Aufgabe des Lehrerberufs, endgültiger Umzug nach Arles, Ehestand und Kindersegen .. so was muss gut überlegt werden.

Kurz, Eugen hatte dann seine Entscheidung getroffen. Plötzlich war er verschwunden aus Frankfurt, niemand wusste Genaueres.

Nach Jahresfrist allerdings wurde er zufällig wiedergefunden, in einer Hauptschule am Stadtrand. Im Kreise zwölfjähriger Geschöpfe, Arbeitslehre unterrichtend.

"Mensch, Eugen, welche Überraschung! Wie geht es Dir denn?" hatte die

Kollegin wohl erfreut ausgerufen, und Eugen hatte sich an seine Zöglinge gewandt und gefragt : "Nun, Kinder, wie geht es mir?", als die Schülerinnen und Schüler laut und im Chor antworteten: "Ihnen geht es ganz, ganz schlecht".

Später, bei einem Kaffee, einem "Depresso", wie Eugen launig bemerkte, war dann alles herausgekommen: Kaum ernsthaft verlobt, musste er täglich den Hof der Ferienkolonie fegen, Fensterläden reparieren, den Rasen sprengen und weitere nützliche Tätigkeiten ausüben.

Das hat er nur den einen Sommer lang ausgehalten.

Zum Glück wenigstens hat man ihn fast problemlos wieder in den hessischen Schuldienst aufgenommen.

So kann er - und das tut er überaus gern - ein- bis zweimal im Jahr Vollkasko der warmen Sonne Frankreichs, dem reinen Himmel entgegen reisen und für einige Wochen Menschen wiederfinden, die mit Vergnügen seine Gastgeber sind, und die ihn zu trösten verstehen.

rien ne va plus

Nirgendwo ist der Winter so kalt wie im Süden; die Häuser sind auf Kälte und Nässe eben so wenig vorbereitet wie ihre Bewohner.
Alles ist grau in grau, unfreundlich. Die Fensterläden geschlossen, es tropft von den Dächern und die Wege durch die garrigue bestehen aus zähem Lehm.
Das ist die Zeit für den cafard , er schleicht sich ein durch die Ritzen der Türen, er steckt im Mauerwerk und wabert durch die Räume.
Kaum jemand ist gegen ihn gefeit, man kann heizen, lesen, einfach im Bett bleiben oder irgendwas ganz anderes machen - der cafard kommt zu allen.
Der Larousse übersetzt ihn mit "Trübsinn" oder - avoir le cafard: "niedergeschlagen sein", doch es ist viel, viel mehr. Es ist diese grauenvolle Mischung aus Heimweh (nostalgie), Antriebsschwäche, Trauer und hangover und keine Lust auf gar nichts. Entsetzlich.
Jeder sucht auf seine Art, diese Depressivität zu meistern, jeweils mehr oder weniger erfolgreich.
Jürgen, eher intellektuell orientiert, er spricht mehrere Sprachen und befaßt sich mit Grenzgebieten der höheren Mathematik, Jürgen zieht es ohnehin vor, lange Spaziergänge zu unternehmen und sich ein wenig abzusondern. Ein Mensch, der mit und von Büchern und Musik lebt, ein wenig eigenbrötlerisch halt.
An einem dieser feucht-grau-entsetzlichen Februartage nun - lange hat es gedauert, bis er den Freunden davon erzählen konnte - suchte er Trost darin, seine alten Schallplatten aufzulegen und sich dem blues hinzugeben.
"Goodbye ruby tuesday" hörte er ein ums andere Mal , legte dann aber Simon und Garfunkels "bridge over troubled water" auf, bereitete sich einen Espresso, nahm dann entschlossen die Regenjacke vom Haken, schwang sich auf sein velosolex und fuhr schnurstracks nach Uzès.

9

Es ist nicht auszuschließen, dass der Text von "the boxer" Jürgens Befindlichkeit beeinflusst hatte - er sollte höchst ungewöhnliche Dinge tun.

Er mietete sich einen Renault in Uzès nahm im Café an der esplanade einen letzten Espresso zu sich und fuhr dann - ob guter Dinge, ist nicht überliefert - die D 981 bis Remoulins, überquerte den Gardon und nahm darauf die RN 86 bis zu einen Parkplatz kurz hinter St. Bonnet du Gard Richtung Nîmes .

Bisweilen stehen auf diesem Platz ein bis zwei Wohnmobile mit Damen des ambulanten horizontalen Gewerbes, auch an jenem trüben Tag.

Jürgen hat den Rest später ein wenig hektisch und etwas verschämt berichtet. Was bleibt ist, dass er völlig durchnässt , entnervt und nur mit seiner Unterwäsche bekleidet wohl nach Einbruch der Dämmerung per Anhalter und auf seinem velosolex ins Dorf zurückgekehrt ist.

Eine der Ladies hatte anschmiegsam sich zu ihm in den Mietrenault gesetzt und ihm stimulativ von einem lauschigeren und intimeren Plätzchen geschwärmt, und Jürgen, komfortableres Ambiente suchend, war einverstanden, den Feldweg zum Waldrand anzusteuern.

Dort angekommen und bald versunken in hingebungsvolle Verrichtung betörend possierlicher Vorspielchen seien allerdings zwei sonnenbebrillte kräftige Herren aus dem Walde her aufgetaucht und hatten ihm unverrichteter Dinge barsch und kompromisslos bis auf die Unterwäsche alles, wahrhaftig alles abgefordert, auch sein Geld und den Leihwagen.

...und dann kommt die Moral

Fröhlich ist sie meist, von Statur eher zierlich und ausgestattet mit der Gabe, in mehreren Sprachen zu fluchen und - vor allem - zu zitieren.

Auch singt sie gern, den Refrain eines Liedes von Michel Jonaz besonders gern, seit sie aus dem hohen Norden in dieser Gegend schließlich sesshaft geworden ist:"pour une vie qui vaille le coup, changez tout, changez tout, changez tout". Ganz besonders dabei liebt sie den schönen subjonctif "vaille".

Momentan setzt sie sich konzentriert mit den Grundlagen der chinesischen Medizin auseinander und meint "was du fühlst, kannst du auch heilen", und ohnehin sei die Provence eine magische Gegend, man müsse nur die Augen offenhalten und setzt mit dem ihr eigenen, sehr individuellen Humor dazu: "Lieber vierzehn Tage nachdenken, als ein Leben lang arbeiten!"

Nun, nach- oder besser: vor-gedacht hatte G. durchaus schon häufiger, jeweils mit sehr unterschiedlichen Ergebnissen, wenn sie dann ihre Ideen in die Tat umsetzen wollte.

Angefangen - lange, lange bevor die Profis aus der Schweiz und sonst woher das Geschäft in die Hand genommen hatten - war sie zu der Überzeugung gelangt, Radfahren in Südfrankreich, das sei doch eine ganz tolle Idee. Nein, nicht jeden Tag weiter und weiter, sondern vom Dorf aus sternförmig in die Gegend, zum Pont du Gard, an die Rhône, vielleicht auch in die Camargue, abends jedenfalls zum Essen und Schlafen wieder zurück.

Sie hatte ausgezeichnete Routen ausbaldowert, für jede Konstitution etwas, dazu einen Jungen aus dem Ort angeheuert, der die erstaunten Cyclisten zum Mittag per altem 2 CV mit Gegrilltem, eventueller Pannenhilfe und einem leichten Rosé in schöner Gegend erwarten sollte, und sie hatte - das Wichtigste! - als Sonderangebot eines Hypermarché acht mountainbikes (made in Malaysia) günstig erstanden.

Insgesamt hat sie dreimal je eine Woche Radfahreraufenthalte verwirklicht. Die Konzeption war gut, ihr Wille auch, aber diese Fahrräder! Dauernd war irgendwas defekt, vor allem die billige Bereifung, und außerdem hatte G. nach dem jeweils dritten Tag keine Kraft und auch keine Lust mehr auf sportliche Gruppendynamik.

Ohne ihre Begleitung aber wollte niemand losfahren.

So war auch dieses Projekt nach einem Sommer bereits zusammengebrochen, aber G. ist trotz hoher Verluste weiter guten Mutes, was Planungen angeht. Ab Spätsommer will sie ein Seminar "Zwiebelschneiden in Südfrankreich" anbieten. Ihr Arbeitstitel lautet: "Die Grundrezepte der provençalischen Küche für ichschwache SozialpädagogInnen".

"Mieux vaut tard que jamais", lächelt sie verschmitzt, "das wird den Menschen eine Woche lang Spaß machen! Mittwochs wird Ali ein Mechui zubereiten, den rouge dazu spendiere ich." Immerhin gäb's ja auch Töpfern, Seidenmalerei und Aquarellkurse und so.

Claude gibt zu bedenken, es könne vielleicht doch wieder Probleme geben.

"Wieso? Welche denn?"

"Nun", lächelt er charmant, "schließlich müssen die Leute bei diesem Seminar ja aufessen, was sie sich angerichtet haben..."

Keine Lust auf Frust

Rolf und Hilde kommen von ganz woanders, haben Umwege und Abenteuer erleben und überstehen müssen, ehe sie, mehr zufällig, sich in die Gegend verliebt und hier niedergelassen haben.

Hilde ist Ernährungsberaterin bei Bonn gewesen, hat jahrelang in einem Bio-Laden gewirkt und in mittleren Jahren zusammen mit Rolf von einem kleinen Hotel an der Atlantikküste geträumt.

Beinahe hätte alles so wunderbar funktioniert.

Die Miete für den Bio-Laden war für die alten Besitzer zu hoch geworden, Hilde wollte den Laden nicht übernehmen; für Rolf war es einträglicher, die genossenschaftlich geführte Druckerei wurde in gegenseitigem Einvernehmen aufgelöst, die Maschinen verkauft, jeder erhielt seinen Teil am Erlös.

Bald schon hatten die zwei bei Les Landes eine passende charmante Pension mit acht Zimmern als Objekt ins Auge gefasst, wollten kaufen und hatten begonnen, entsprechend zu verhandeln. Zusätzlich war ihnen als Privatrefugium ein überwiegend aus Holz konstruiertes sympathisches kleines Wohnhaus in unmittelbarer Nähe dazu preiswert und schnell veräußert worden.

Doch die Verhandlungen über die Pension schleppten sich endlos hin. Neun Monate fast mühten sie sich per Fax, Telefon und mit Briefen, den Kauf endlich perfekt zu machen, sahen in dieser Zeit allerdings auch keine zwingende Notwendigkeit, sich der Restaurierung ihres Wohnhäuschens zu widmen.

Nun, an einem trüben hessischen Sonntagmorgen erreichte sie dann ein kaum verständlicher Handyanruf aus Frankreich, sie bräuchten nicht mehr zu kommen, das kleine Hotel sei per notariellem Vorvertrag inzwischen anderweitig verkauft worden...

Hilde und Rolf sind nach einer Woche dann doch an den Atlantik gefahren, um wenigstens ihr Häuschen in Angriff zu nehmen, wer weiß, wozu es gut sein könnte.

Bedauerlicherweise hatten sie in all dem Trubel verabsäumt, den ortsansässigen Zimmermann mit Begutachtung und möglicherweise Behandlung der Holzkonstruktion zu beauftragen - Hilde sagte später, als sie sich wieder halbwegs gefaßt hatten, der Anblick hätte sie nachhaltig an Alexis Sorbas erinnert:"... hast du schon jemals etwas so schön zusammenbrechen sehen?"

Von dem Haus waren nur der Kamin und einige Mauerreste geblieben.

"Tja", hatte der Zimmermann lakonisch mit den Schultern gezuckt, "Termiten! Die haben wir hier. C'est comme ça..."

Frust und Verlust haben die Zwei beim Langlauf im Schwarzwald zu verarbeiten gesucht.

Inzwischen sind sie in der Nähe von Remoulins installiert. Sie haben eine Remise, einen alten Weinkeller, zu einer Wohnung mit Terrasse und kleinem Garten ausgebaut.

Und weil Rolf nach wie vor innig der Schwarzen Kunst verbunden ist, haben sie einen Raum mit Bücherregalen ausgestattet.

Einmal die Woche haben sie geöffnet: Ankauf, Verkauf und Tausch anspruchsvollerer französischer, deutscher und englischer Literatur, zeitgenössisch und 19. Jahrhundert.

Manche Kunden verwöhnt Hilde mit ökotrophologisch komponierten Salatangeboten und einem Gläschen Weißwein, und hin und wieder finden auch Lesungen und kleine Konzerte statt.

Steuern, Strom, Wasser und andere feste Kosten übers Jahr decken sie so zwar ab, möchten aber unbedingt diskret als Privatiers verstanden werden.

Müssten sie sonst doch eine zweite Toilette, einen Notausgang und weitere Sicherheitseinrichtungen konstruieren, einen Feuerlöscher anbringen und sich als Kaufleute anmelden.

Das möchten sie derzeitig lieber nicht.

Essen & Trinken hält Leib und Seele zusammen

Marga und Rudi, von guten Freunden auch in einem Wort "Margaunrudi" genannt, verstehen sich als abgeklärte Kosmopoliten, die in mittleren Jahren aus gesundheitlichen Gründen zwar im Süden leben, vom Herzen her jedoch ihre Wurzeln, die süddeutsch-fränkischen, gern wiederentdecken und pflegen. Mindestens einmal im Jahr.

Dann aber lädt Rudi herzlich all die Menschen ein, die mit ihnen damals diskutiert hatten, als sie nach Neuseeland auswandern wollten, dann aber doch lieber einige Jahre in Nordafrika verbracht hatten, später wiedergekommen waren und alles und so.

Ja, Margaunrudi laden dann zum Essen ein, zur Erinnerung.

Das Furchtbare dabei ist, Rudi kocht gern, so sehr gern, aber er kann es leider überhaupt nicht, übt auch nicht und läßt sich nichts, überhaupt nichts sagen.

Im Gegenteil, als Geschenk wünscht er sich immer wieder große Töpfe, so 15 bis 20 Liter, die man fast zu zweit vom Feuer tragen muss.

Nun, letztes Jahr gab's für achtzehn Leute Gans mit Klößen und Rotkraut. Immerhin.

Das ist nun so, man mäkelt nicht am Essen rum bei Freunden, macht man ja nicht, aber Georg zumindest hatte ein keines Problem mit dem Rioja, "den trinke ich nicht", hatte er unvermutet konsequent geäußert, "den nicht", und flugs hatte die gute Marga ihm eine andere, eher französische Lage kredenzt.

Mit den Klößen war das ganz anders. Riesendinger, Bremsklötzen gleich, wurden den Freunden auf die Teller praktiziert, ganz erstaunlich. Es soll Leute gegeben haben, die zwei Stück verzehrt haben an diesem Abend, riesengroß und innen noch vollständig roh, vor lauter Hunger. Angeblich hat man vier bis fünf Tage was davon.

Rudi aber hat das alles genau erklärt. Achtundzwanzig (28) Kilo

Kartoffeln hatte er einkauft, festkochend, in der Kombihaushaltsmaschine geraspelt und dann mit einer - auf dem Flohmarkt preiswert erworbenen - Wäscheschleuder ernsthaft entsaftet und in einem seiner Riesentöpfe zu Klößen zubereitet.

Die Gans dagegen war dann ganz ungewöhnlich geschmacksarm.

Begleitet von Margas verständnisinnigem Lächeln erläuterte Rudi, es gäbe schließlich nur eine einzig wahre Art, eine Gans zuzubereiten: Zunächst kochen, dann braten.

Die Verblüffung der eingeladenen Menschen aus schwerer Zeit war nicht gering. Wieso kochen? Eine Gans?

Aber so sind sie eben, Margaunrudi, einmal im Jahr.

Das Kochwasser von der Gans verarbeitet Rudi übrigens zur Soße für die Klöße.

Pfeffer, Salz und ein viertel Fläschchen Maggi.

Das Küchenhandtuch der Renée

"Gott, wie habe ich diesen Satz geliebt", schrieb Renée Zucker im Märzheft der Zeitschrift "du" in ihrem Essay "SCHÖN - UND DÄMLICH" über die jüngsten Romane des John le Carré und ihre Frauenfiguren. Es ging ihr dabei um die Verfilmung des Romans Das Russlandhaus, und eben um die Szene, als Sean Connery der Michelle Pfeiffer sagt, er liebe sie, zwei Mal sagt er das, und die dreht sich um und antwortet:
>*Ich hoffe, Sie wissen, was Sie da sagen - in diesem Haus ist nur noch Platz für die Wahrheit*<.
Voilà.
Und diesen so geliebten Satz halt, gestickt auf ein Handtuch, hat Renée Zucker vergeblich auf Flohmärkten in Berlin gesucht, wollte so gern sich ihn über den Herd hängen.
Nun, was soll man machen, wenn man diese Frau schätzt, eine Tanzschule besucht hat und sowieso bemüht ist, Versprechen zu halten, die man nie gegeben hat?
Richtig, man lässt ihn sticken, Automatenstickerei heißt das heutzutage, diesen Satz, auf ein linnen Küchenhandtuch, und tuts ihr schenken, ohne Bedenken.
Und wie sich bisweilen die Gedanken beim Reden verfertigen, keimte beim Sticken und Verschicken die Idee, noch andere Zitate auf Handtücher zu bringen, die über Herde oder sonst wohin gehängt werden könnten, dass diese Spruchkultur recycelt und unter das pp. Publikum gebracht werden könnte. Warum nicht.
Und nun können kultivierte Individualisten in einschlägigen Läden auf Halbleinen hochformatig rot, vielleicht auch blau in Schreibschrift mit >Zu viel des Guten ist einfach wunderbar< bestickte Handtücher erwerben.
Das Geschmacksmuster freilich ist beim Patentamt angemeldet.

Marie, Marie...

Der Mensch lebt nicht vom Baguette allein, und das führt in ländlichen Gegenden Südfrankreichs mitunter zu Komplikationen. Zwar kommt selbst in die kleinsten Dörfchen morgens noch immer der ambulante boulanger, doch wenn's um Zusätzliches geht, Käse, Wasser und Wein beispielsweise, und es ist weder eine épicerie noch ein boucher im Ort, dann muss geplant werden, dann steht zwischen den Einkäufen auf den beliebten Wochen- und Erzeugermärkten ein Ausflug zum nächstgelegenen Super- oder Hypermarché an.

Bekanntlich sind das diese riesigen Gebäude vor den größeren Orten an den Nationalstraßen, gigantische Betongebilde mit ausufernden Parkplätzen auf der grünen Wiese, in denen man (fast) alles kaufen kann.

Zwischen dem Pont St. Nicolas und Uzès ist man mit CONTINENT nicht schlecht beraten. Das ist ein Supermarkt in der zone industrielle von Pont des Charettes, an der D 981, Richtung Pont du Gard, mit umfangreichem, gutem und nicht überteuertem Sortiment, Lebensmittel, Fleisch, Fisch, Kleidung, Haushaltswaren etc.

Natürlich machen diese Kettenmärkte den kleinen Händlern das Leben schwer, doch größere Familien sehen inzwischen keine anderen Möglichkeiten mehr, als zwei- bis dreimal im Monat dort vorzufahren um Tiefkühltruhe und Vorratskammer aufzufüllen.

Fast nur die Alten noch kaufen beim Dorfkrämer ein und halten ein Schwätzchen.

In einem dieser mandelblühenden Frühlinge nun war wieder mal spontan und fröhlich Freund B., alleinerziehend zwar, aber dieses Mal ohne seine kleinen Töchter, aus dem fernen Berlin angereist.

Er wollte sich an der gemeinsamen Verproviantierung beteiligen und begleitete die einkaufenden Kosmopolitiker zum CONTINENT.

Dort angekommen wollte er dann sich um Mineralwasser, Pastis und

Sonderangebote kümmern, man würde sich an einer der zwölf Kassen schon wiedertreffen.

So war es denn auch, aber B. kam völlig ohne Waren daher, auf merkwürdige Weise abwesend, ein leichtes Lächeln um den Mund und mit glitzernden Augen.

Nein, er habe keine Probeschlucke an den verschiedenen Verkostungsständen zu sich genommen, oh nein. Ihm sei Marie begegnet, das hätte ihn völlig irritiert.

"Aha", machte Julie, "ich verstehe! Wer an Gott glaubt, der braucht keine Religionen, oder?"

B. schüttelt nur unwillig den Kopf und schnalzte "tz, tz, tz" verneinend mit der Zunge; nein, nein, so nun nicht.

Und dann, beim petit noir an der Theke in der Vorhalle fabulierte B., wie wohl nur B. es beherrscht, verklärt, genüßlerisch, mit leicht schräg gelegtem Kopf und in blumenreicher Sprache, er habe zwei Frauen beobachtet, Freundinnen offensichtlich, die sich unterhalten und dann für den Einkauf getrennt hatten. Jede war in eine andere Richtung gegangen, da war der einen wohl noch etwas eingefallen, und sie habe der anderen "Marie" hinterher gerufen, worauf diese sanft stehengeblieben und sich mit einer Körperbewegung wie in einem de-Sica-Film zu ihrer Freundin umgedreht und sie angeschaut habe.

"Ach", sinnierte er, "eine dieser nicht mehr ganz jungen Frauen, leichtes Grau im Haar, und mit dem Gesicht jener, die viel Schönes und Leidenschaftliches erlebt haben, wisst Ihr, mit diesen zarten Falten um die Augen und den frivolen Mund..." und nachdenklich nahm er einen Schluck Kaffee zu sich.

Wir anderen warteten auf seine Fortsetzung. Er rollte den Espresso im Mund, stippte ein Stück Zucker in sein Tässchen und ließ es auf der Zunge zergehen.

"Ja", seufzte er , langgezogen fast, "mir wär' fast das Herz stehengeblieben, ich bekam feuchte Hände und in meinem Kopf fing es an zu hämmern. Die In-kar-na-tion der mediterranen Weiblichkeit", und er unterstützte seine Begeisterung mit leichtem Kopfnicken, "mit dieser winzigen Prise Laszivität , diesem kaum spürbaren vulgären Hauch..." Julie wollte just - ach nein - zu einem Grundsatzvortrag über Frauenfeindlichkeit und Chauvinismus anheben, B. aber, ähnliches ahnend, fuhr schnell fort: " Betört bin ich ihr hinter hergegangen, ich wusste genau, das war mein Moment, in dem die Götter nicken, und dann bemerkte ich es.

Von ihrer Ferse , die verheißungsvolle Wade hinauf bis unter den Saum des engen Rockes zeigte der Seidenstrumpf an ihrem linken Bein eine daumenbreite Laufmasche. Ich habe mir ausgemalt, wie und wohin sie weiter verläuft... ich weiß nicht, wie Laufmasche auf französisch heißt, und, " - er ließ ein weiteres mit Kaffee getränktes Zuckerstück im Mund zergehen - "vielleicht gehört auch diese Masche zu dieser Marie..."

"Mag gut sein", ulkte Bernard, "kann ja sein, die sweet lady heißt in Wirklichkeit Marie-Jane? Und: Laufmasche >maille filée à un bas<, nicht: >nach oben!<".

Gerechtigkeit

Die Wege, die zu Gott führen sind verschlungen, noch viel mehr jene, die zum Erfolg führen.
Greorgis ist Grieche, er hat sich mit einem Getränkehandel in der Nähe von Avignon selbständig gemacht, Mineralwasser, gute und sehr gute Weine, meist aus ökologischem Anbau, und auch erlesene hochprozentige Besonderheiten führt er im Sortiment, auch Biere.
Soweit, ist er zufrieden, nur so ca. drei- bis siebenmal pro Tag muss er hinter der Kasse hervorspringen und manchen Kunden ganz schnell klarmachen, dass der Transportwagen rückwärts, r ü c k w ä r t s , die kleine Rampe hinunter aus dem Laden heraus bugsiert werden sollte, damit nicht schon wieder drei Kästen Bier oder zwölf Flaschen Wein kopfüber vom Wägelchen fliegen und auf dem Beton der Straße zerschellen.
An einem solchen Tag , während Greorgis das Unheil gerade noch hatte abwenden können, schlüpften zwei junge Männer ins Geschäft, schlenderten durch die Gänge mit den Regalen für die Getränke und nahmen die eine oder andere Flasche in die Hand und wohlgefällig in Augenschein. Ein durchaus üblicher Vorgang.
Greorgis aber war sich absolut sicher, dass dabei eine Flasche Perrier in der Mantelinnentasche einer der beiden Männer verschwand.
Der Champagner natürlich, nicht das Mineralwasser.
Beweisen konnte oder wollte er das nicht, als die Kunden unverrichteter Dinge seinen Laden verließen.
Man weiß ja nicht, vielleicht eines Tages doch, dachte er, als sie bedauernd lächelnd meinten, sie hätten das richtige nicht gefunden.
Draußen angekommen, drehte sich einer der zwei noch einmal um, winkte zum Abschied, hatte einen unsicheren Stand, kam ins Trudeln und setzte sich fest und entschlossen auf den Hintern.
Heißa, wie das knallte und schäumte!
Die Champagnerflasche war zerbrochen, der Inhalt verspritzte über

Mantel und Boden , und dem Unglücksmenschen steckten höchstwahrscheinlich einige Glassplitter im Hinterteil.
Jedenfalls sah es sehr putzig aus, wie die beiden wegrannten und der eine sich den Hintern festhielt.
Seit dieser Zeit glaubt Greorgis wieder an überirdische Gerechtigkeit, und lachend sagt er, es sei gut, Beziehungen zu Freunden an der richtigen Stelle zu pflegen.

Die Bar du Progrès

Bisweilen hat sie ja nicht unrecht, die Gabi, beispielsweise, wenn sie sagt, da sei doch Alkohol im Spiel gewesen, bei einem dieser Erlebnisse, und natürlich auch, dass der Teufel den Schnaps gemacht hat.

Aber Pastis ist ja bekanntlich keiner.

Außerdem ist es schon viele Jahre her, und, ja, die erworbene Ruine war zumindest bewohnbar gemacht worden, eine zu verschließende Haustür, Fenster auch, Wasser, Abwasser und Strom. Und Campingliegen, einen Tisch und zwei Stühle hatten wir auch schon.

Nach des Tages Staub und Mühen führte mich der Weg in eines der beiden Dorfbistros. Das Café du Centre ist katholisch, die Bar du Progrès nicht, und das hat bis vor einigen Jahren noch immer mal wieder zu bösen Keilereien zwischen den beiden Fraktionen geführt.

Nun, l'Allemand wurde begrüßt, freundlich und neugierig, mit einem Pastis.

Bestimmte Verkehrsformen, das sollte man wissen, gelten in Kneipen des französischen Südens nicht. Wer nichts mehr trinken will, jedenfalls nicht mehr eingeladen werden will, der kann nicht einfach "vielen Dank, ich möchte nicht mehr" sagen, der muß einfach stumm die gastliche Stätte verlassen.

Damals war mir das so nicht geläufig, und es gab, von wem auch immer, den einen oder anderen Pastis auszutrinken. Ich ahnte etwas von Initiationsritus oder Härtetest, als die neben mir am zinc sitzende Dame mich von der Seite aus rötlich-gelb unterlaufenen Augen über ihr Weißweinglas musterte und mich mit schwerer Zunge, aber in verständlichem Englisch fragte, ob ich denn wohl german sei.

Ihr Mundgeruch war beachtlich.

Höflich sagte ich dennoch "yes". Da wurde sie tückisch. Sie überschüttete mich mit einer Flut von Injurien, pöbelte, sagte was von "Schwein" und "Coventry" und redete sich immer mehr in Rage.

Das hat mir überhaupt nicht gefallen, zumal die Umstehenden, die schon langsam ungeduldig wurden, kein Wort verstanden.

So habe ich dann meine Stimme erhoben und in meinem kühnsten Französisch gebrüllt, wenn sie mich schon beleidigen wolle, dann solle sie das doch bitte auf Französisch machen, damit die anderen Gäste denn auch was davon hätten.

Sie verstummte, glitt betreten vom Hocker, zahlte und schwankte aus dem Bistro. Auch alle anderen Gäste verließen alsbald die Kneipe.

Als ich dann auch zahlen und nach Hause gehen wollte, sagte der Wirt "non", schloss die Tür von innen ab und stellte eine bouteille besten Cognacs auf die Theke. Mach dir nichts draus, sagte er, trinken wir einen auf unser Dorf, trinken wir einen auf Europa. Es gibt eben überall Menschen, die der Welt abhanden gekommen sind, fügte er melancholisch hinzu.

Am nächsten Tag habe ich erfahren, diese Engländerin wohne schon seit fünf Jahren im Dorf, eine ehemalige Mathematiklehrerin, mit einem pensionierten Air Force Offizier verheiratet. Durch Tropenaufenthalte beide verhältnismäßig trinkfest, aber schon von gewöhnungsbedürftiger Art.

Auch dass die lady sofort ihre kleine Strafe bekommen habe für die Pöbeleien, hörte ich.

Vor ihrem Haus war sie am Abend dann lang hingeschlagen. Mit der Nase mitten auf den Haustürabsatz. Sah schlimmer aus als es war.

Und am Mittag nahm mich der Maurer beiseite, fragte mich, wieso ich denn teuer Geld für Pastis im Bistro ausgäbe, drückte mir ein Platikbeutelchen mit gelblichem Puder in die Hand und verriet mir das Rezept zum Selbermachen.

Manchmal nehmen wir "un demi" zusammen, auf die deutsch-französische Freundschaft.

Er sagt dann immer gern, "na, du alter Spanier mit deinem arabischem Akzent, ça roule?", und haut mir auf die Schulter.

Lesen bildet

Kirsten weiß alles über die Irrungen und Wirrungen in den europäischen Adelsfamilien, wer mit wem und warum nicht, kennt sich aus mit Horoskopen und erstaunlichen Kochrezepten und spricht überdies ein überaus wortreiches, wenngleich in der Aussprache durchaus eigenwilliges Französisch.

Das wundert manche, besitzt sie doch weder einen Fernseher, noch hat man sie je an irgendwelchen Kursen der université populaire teilnehmen sehen.

Freilich, Waldmeister hat sie schon mal als "maître de forêt" bezeichnet und auf einfühlsame Nachfrage nach ihrem "vie conjugale" antwortete sie empört, sie esse doch kein Fleisch, schon gar nicht vom Lamm die "gigot", die Keule.

René kam ihrem Geheimnis auf die Spur, als er sie mal am Altpapiercontainer auf der place du 8. mai traf.

Kirsten hatte eine Jutetasche voller Altpapier zum Entsorgen dabei, beugte sich zuvor jedoch tief in den Container und fischte sorgsam die darin befindlichen bunten Hefte der yellow press, Programmzeitschriften und dergleichen heraus, legte sie daneben, stauchte sie auf Vierkant und packte sie dann vorsichtig in ihre inzwischen geleerte Tasche.

Von den anderen darauf angesprochen, errötete sie nur leicht. "So'n Mist kauf' ich mir doch nicht!", lächelte sie schalkhaft, "muss man ja doch wieder entsorgen!"

Nun weiß man inzwischen, woher die anrührenden Tierbilder in ihrer Wohnung stammen, auch all die Haushaltstricks und Rezepte: aus Marie France, Marie Claire, Geo, Elle, Cosmopolitan und so.

Stilsicherheit

In Fragen der Wohnungseinrichtung und der Kleiderordnung sind manche Menschen sehr empfindsam und konsequent.

Hin und wieder jedoch trifft man auf Zeitgenossen, denen die Sicherheit in Stil - und Geschmacksfragen nicht unbedingt in jeder Hinsicht gegeben ist .

Eine davon ist Danys Freundin, eine Psychoanalytikerin, weitgereist, vielsprachig, weltgewandt und nicht unwohlhabend.

Madame reiste viel und, zurück in Frankreich, berichtete gern und viel von den Mirakeln und Wundern ihrer Trips. Alle hörten gern von fernen Ländern, betrachteten bewundernd ihre Fotos und waren doch innerlich froh, am Mittelmeer bleiben zu können.

Das kleine Problem besagter Analytikerin war, sie nahm stets überaus umfangreiches Gepäck mit auf ihre Reisen, mindestens zwei Koffer, eine Reisetasche und einen Rucksack. Sie wollte halt für alle Wechselfälle gerüstet sein.

Nach Jahren hatte sie beschlossen, sich nun doch ein Haus im Dorf zu kaufen und sich fest einzurichten. Dieses Pendeln zwischen München und Südfrankreich war ihr zu viel geworden.

Den unübersichtlichen Einrichtungsvorstellungen und der halsstarrigen stilistischen Vielfalt von Madame begegnete Dany bewährt virtuos, stand doch ein großzügiges budget zur Verfügung.

Sie ließ von unterschiedlichen Möbel- und Einrichtungshäusern Schränke, Regale, Teppiche und Accessoires kommen, arrangierte und rückte geschickt hin und her, dekorierte da ein wenig und setzte dort ins Licht, bis sie und schließlich auch ihre Freundin überzeugt und es zufrieden waren: Maison, Terrasse et Jardin, schöner wohnen in der Provence.

Das ging eine Weile sehr gut, lag wohl auch an den vielen Menschen, denen nun unbedingt das Haus gezeigt werden mußte, doch eines Tages wollte Madame wieder reisen, nach Asien, zur Erhellung.

Sie holte ihre Koffer vom Boden und begann zu packen, same procedure wie immer.

Das nun forderte Dany erneut als Freundin und Beraterin auf den Plan. "Du brauchst", versuchte sie die Psychonalytikerin zu überzeugen, "du brauchst im Grunde nur deine Reisetasche! Nimm Sachen mit, die gut zu kombinieren und leicht zu waschen sind. Mehr brauchst du wirklich nicht!"

Nach anfänglichem Sträuben hatte Dany ihr die Reisegarderobe zusammengestellt und ihre Freundin angehalten, jedwede Kombinationsmöglichkeit auszuprobieren.

Das dauerte.

Doch die erfindungsreiche Dany fertigte von ihrer Freundin in jeder Kombination ein Polaroidfoto an, steckte diese ihr zu und sagte fein lächelnd, so sei sie schließlich für jede Situation unterwegs perfekt vorbereitet.

Gestählt an Körper, Geist und Seele und nahtlos gebräunt kam die Analytikerfreundin nach drei Monaten heim ins Dorf.

Wir saßen beklommen dabei, als sie mit irgendwie funkelnden Augen entschlossen zu Dany sagte:"Ich kann das jetzt alles auch allein. Unsere Freundschaft habe ich endgültig verarbeitet, ich stehe jetzt auf meinen eigenen Füßen.

Mach's gut, Dany."

Ars vivendi / Design oder Nichtsein

In Südfrankreich sind die Malerinnen und Maler zuhause, das weiß man doch spätestens seit van Gogh und anderen. Das Licht, die Farben, das Ambiente, alles geschaffen für das Künstlerleben, so sagt man wohl, das savoir vivre eben.
Und es gibt heuer auch veritable Malergruppen, die sich aus Individuen zusammensetzen , dort ständig wohnen und zugange sind ebenso wie z.b. deutsche Reiseveranstalter, die Malreisen und -kurse in den südlichen Gefilden anbieten.
Neuerdings aber scheint die Toscana der Provence den Rang abzulaufen, warum auch immer.
In der Regel frönen diese Menschen dem Aquarellieren, einer Tätigkeit, die selbst gestandene und gutwillige Männer noch immer an den Geruch von Mädchenschweiß und weichen Bleistiften erinnert, zumal, wenn bunte Bänder um breitkrempige Strohhüte flattern. Aquarell malen hat so was von Pensionat für höhere Töchter, sowas Zart-Behutsam-Verblasenes.
Nichtsdestoweniger werden mitunter richtig schöne Ergebnisse erzielt, Ansichten von Märkten, Plätzen und Kirchen, die von den Besuchern der Ausstellungen im Rathaus oder im Touristenbüro freudig wiedererkannt und dann und wann sogar zu ehrlichen Preisen nach Hause getragen werden.
Und etablierte Künstler gibt es freilich auch, in der überregionalen Presse lobend erwähnt und international von connaisseuren geschätzt.
Ein Engländer, den Sommer über im Süden, soll seine oeuvres gar über das Internet anbieten.
Eine jene Aquarellistinnen nun hatte eine unbeirrte Freundin in Hamburg, die an der Kunsthochschule Grafik und Design mit ehrlichem Bemühen studierte und von den Professoren die allerbesten Noten ob ihres Fleißes und ihrer Begabung erhielt. Sie

war schon das eine oder andere Mal in der Nähe zu Besuch gewesen und hatte mit leichter Hand lichtvolle Farbkompositionen aufs Papier geworfen, die den Atem nahmen: La Provence, eindeutig.

Wieder daheim in kühlen Norden kam der Tag der Examina, verbunden mit einem Design-Wettbewerb.

Auch diese Hürde meisterte sie mit Bravour, war die beste ihres Jahrgangs.

Die Aufgabe hatte darin bestanden, Gebrauchsgegenstände des täglichen Lebens zu gestalten, und ihr war das Thema "Fußmatten", regional auch "Fußabtreter" genannt, zu designen.

Auch hier war für sie wieder der erste Preis fällig.

Eine Designerwerkstatt hat ihr auf der Stelle einen job angeboten, sehr gut dotiert.

Sie wollte lieber nicht.

Jetzt wohnt sie bei ihren Freunden im Dorf, malt ihre aufregenden Landschaftskompositionen und lebt recht ordentlich von deren Verkauf auf den Märkten, zu denen sie mit ihrem alten R 4 fährt.

Sie will nicht mehr zurück.

Die Haut

John ist Amerikaner, viel rumgekommen in der Welt, war Lehrer bei der army, auch in Deutschland, hat in New York gewohnt, kennt den Nahen und den Fernen Osten, Nordafrika, un vrai cosmopolite. Vor langen Jahren ist er in Südfrankreich hängen geblieben, seine Frau war eine begeisterte Gärtnerin und wie er liebte sie von ganzem Herzen die Sonne, das Licht ,die Wärme und diese Menschen.

Leider ist sie inzwischen verstorben, und John, hart an siebzig, hat lange gebraucht, wieder auf die Füße zu kommen.

Seit dem Tod seiner Frau leidet er unter einer unklaren Hautkrankheit, Rötungen, Pickel und Juckreiz.

Er schätzt Kompetenz der französischen Medizin hoch und ist in der Dermatologie der Universität Montpellier in Behandlung. Die Ärzte dort können ihm auch nicht mehr sagen, als daß er sich häufig aber nicht zu lange in der Sonne aufhalten soll und verschreiben ihm die eine oder andere Cortisonsalbe.

"Hautärzte sind immer so oberflächlich", schmunzelt John, tönt sich die Haare dunkel nach, cremt sich ein und ist weiterhin ein charmanter und gern gesehener Gast.

An einem dieser Tage eröffnete er uns, er müsse auf Anraten seines Hautprofessors sich einige Leberflecke auf dem Rücken ambulant entfernen lassen, keine große Sache, meinte er, aber man will ja schließlich kein Risiko eingehen.

Zurück aus der Klinik wirkte John noch straffer, noch jugendlicher als ohnehin, setzte sich voller Dynamik an unseren Tisch unter dem Feigenbaum und berichtete, das sei alles überhaupt nicht schlimm gewesen. Man liegt bäuchlings auf dem OP-Tisch, bekommt örtliche Betäubungen und dann schneiden die einem Leberflecke raus.

"Aber", fügte er nachdenklich hinzu, "ich fürchte, zwei- dreimal muss ich da wohl noch hin, alles auf einmal geht auch da nicht."

Monate später, wir hatten Johns wöchentliche Leberfleckoperationen schon fast vergessen, es ging im Gespräch wohl um Männer und Frauen und das schöne Leben, murmelte John irgendwas von Krankenschwestern, und daß sie nirgendwo auf der Welt so attraktiv und einfühlsam seien wie in Montpellier. Das nun fand nicht ungeteilte Zustimmung, doch John meinte schelmisch, er könne sein Leben lang an Leberflecken operiert werden, einfach nur so, gesund sei er ja.

Auf drängendes Nachfragen erzählte er dann die Geschichte ganz.

Auch er hat, was verständlich ist, es nicht so sehr gern, wenn ihm jemand am Rücken in der Haut rumschnippelt, das ist ihm trotz Betäubung eher unangenehm.

Und aus diesem Grunde hatte er, bäuchlings, fest die Finger beider Hände um den oberen Rand des Operationstisches geklammert und dazu bei der Prozedur ein wenig die Zähne zusammengebissen, um sich abzulenken.

Auch am Kopfende des Tisches, ihm ohne Augenkontakt zugewandt, assistierte die OP-Schwester, grünkittelig. "Ach", schwärmte der gute John, "mir wurde so warm und weich an den Fingern, ich brauchte mich überhaupt nicht mehr zu verkrampfen..."

Diese Schwester nämlich, atemberaubend attraktiv und überaus einfühlsam, war, räumte John durchaus freimütig dann ein, war ihrer Aufgabe höchst umsichtig und beweglich nachgekommen und in zart knisternder Seide unter ihrem Kittel an Johns dann auch sehr entspannten und beweglichen Fingern virtuos entlang gestrichen.

Er hätte, beschloss John seine Schilderung, so so gern noch eine gute Weile liegen bleiben mögen, aber diese kleinen Operationen sind ja schnell und fast ohne Schmerzen vorüber. Man verabredet sich mit glänzenden Augen gern, sehr gern auf die nächste Leberfleckoperation.

Und der Herr Professor war's auch zufrieden.

Spurensuche

"Ich weiß gar nicht, was die Menschen auf dem Mond wollen.Ich hab schon Schwierigkeiten genug, mich in Manhattan zurechtzufinden", sagte der unverbesserliche Woody Allen, und in gewisser Weise ist diese Ansicht auch auf das Leben am Mediterranée übertragbar.

Seit Jahren will immer irgendjemand nach Marseille fahren, wenigstens Orange oder Aix en Provence, doch dann bleibt man wieder lieber in der Gegend , streift durch die Garrigue , geht zum Gardon hinunter oder - was von außergewöhnlich hohem Unterhaltungswert sein kann - man tingelt per Kraftfahrzeug ruhig und gelassen über die Dörfer durch die départements des Südens, steinerne und andere Zeugnisse von Geschichte, Kunst und Kultur aufsuchend.

Als eine Möglichkeit ist das Haus von Max Ernst in St. Martin de l'Ardèche und die zum Haus und den Bewohnern liebevoll vefaßten Erläuterungen im syndicat d'initiative dazu für den Kunstreisenden ebenso anregend und aufschlussreich, wie zu wissen, dass Max Ernst in Les Milles interniert war und auch dort hinzufahren. (Vgl. zu diesem Thema: Walter Aue: Die Augen sind unterwegs, Anabas, 2000).

Literarisch Feinfühlige dagegen werden eher zum lavendelüberwachsenen Grab von Albert Camus in Lourmarin finden, einen Olivenzweig dort niederlegen und

sich dann im Hotel beim Friedhof ausgezeichnet bewirten lassen, um vielleicht anschließend mit der Reisebegleitung gemeinsam auf ein Lager zu sinken.

Unvergessliche Erlebnisse allemal, an die man gern erinnert wird, besonders an einem Herbsttag am Wannsee.

Wir hatten einen langen Spaziergang gemacht und wollten langsam wieder auf die Havelchaussee zurück, zum Wagen, als uns zwei fast völlig entkräftete jungen Menschen inständig baten, sie doch bitte mit zurückzunehmen in die Stadt, sie hätten sich völlig verlaufen und verkalkuliert.

Der junge Mann studierte in Berlin, seine Begleiterin sprach einen französischen Akzent mit ausgezeichnetem Deutsch.

Auf unsere interessierte Nachfrage berichtete sie bereitwillig, sie käme aus Lourmarin, wo ihre Eltern ein Hotel hätten.

Welches denn?

Das am Friedhof, wo - und diesmal alle gemeinsam - Albert Camus begraben ist, n'est-ce-pas?

Handel und Wandel / Idefix

Der Markt lehrt's dich, und nicht der Tempel, so ist es wohl. Und kommt man dann auf den kleinen Fahrten über Dörfer und hat vielleicht noch einige Empfehlungen von Freunden im Kopf, dann kann das Geschäftsleben abwechslungsreich werden.

Viele, auch junge Südfranzosen sind - wohl mit gutem Recht - gegenüber der Pariser Zentralmacht und der jeweiligen Departementspolitik latent anarchistisch, was Essen und Trinken angeht allerdings strikte Regionalpatrioten.

Besonders gut kann man das, was Wein, Käse, Honig und - natürlich - Olivenöl angeht, bemerken. Kaum eine(r), der auf sich hält, hätte nicht eine kleine, feine Ölmühlenadresse in einem Dorf in der Gegend parat.

Und diese Adressen werden auch weitergegeben, hinter vorgehaltener Hand, als Geheimtipp sozusagen. Ein Zugewanderter, der solche Informationen erhält, dem sind schon die Grundweihen zuteil geworden.

"Aber du bekommst höchstens zwei Liter! Die produzieren nur allererste Qualität, nur ganz wenig!"

Gut, nicht gerade zielgerichtet, aber sich langsam annähernd fährt der Fremde dann doch mal nach Collorgues oder auf die andere Seite der Rhône, nach St.Saturnin-les Apt, Herz und Kopf offen pour l'inattendu.

Man sollte das alles für sich behalten, für die Freunde, für die ganz kleinen Kreise, dieses wunderbar schimmernde Olivenöl, diesen Duft und diesen Geschmack!

Aber vielleicht...man könnte ja...Und dann erzählt man dem Ölmüller von den Märkten in Berlin und anderswo, dass die Leute dort auf gutes Öl unheimlich scharf sind, dass man's ja mal ausprobieren könnte und überhaupt...

Der grinst sich eins, zwinkert vielleicht auch ein kleines bisschen und sagt, dann müssen Sie aber von jeder Sorte zwei-drei Musterflaschen mitnehmen, n'est-ce-pas?, packt sie auch schon in einen Karton und sagt, kommen Sie doch wieder, wenn das Geschäft angelaufen ist, ja?

Schon wieder unterwegs sträuben sich leicht die Nackenhaare. War das korrekt,was du da gemacht hast, war das comme il faut?

Als Handelsvertreter für Olivenöl über Märkte und Straßen zu ziehen, in Deutschland? Das möchte man dann doch lieber nicht.

Nun, für die nächsten Monate bist du zumindest gut ausgestattet.

Sollen die Leute sich ihr Traubenkernöl doch in der Kooperative von Bourdic selbst kaufen, das industriell hergestellte!

Weiter

Aber schließlich gibt es ja noch die streng ökologische Alternative
für die kalten Winterabende...wie war das denn, Jean-Paul wollte
doch diesen alten Schuppen vermieten, das wäre doch vielleicht..
Nun, Fabienne hatte endlich mal ihre uralten Freunde Monika und
Achim in Deutschland besucht, die haben eine Wohnung im
Fränkischen, nahe bei Kulmbach und Neustadt an der Aisch. Hell
begeistert von der Landschaft, den Leuten, dem Wein, den
schmackhaften , preiswert und reichlich servierten Speisen und auch
von den schier unglaublichen Mengen Brennholz vor fast jedem
Haus wieder heimgekommen.
Am liebsten hätte sie wohl für den nächsten Winter einige Tonnen
Ofenholz nach Südfrankreich mitbringen mögen, doch das hatte sie
mit ihrem ökologisch-ökonomischen Engagement partout nicht in
Einklang bringen können.
Aber sie hatte eine Idee mitgebracht, eine Idee, von der sie noch
immer ganz besessen ist.
Achim hatte einige Einkäufe im regionalen Baumarkt erledigen
müssen, und Fabienne hatte ihn begleitet, auch um mal so zu
vergleichen mit den Geschäften bei Nîmes, "Monsieur Bricolage"
zum Beispiel. Und dann hatte sie ihre Entdeckung gemacht: In
Franken werden Holzbriketts aus gepressten Holzabfällen zwar
ebenso angeboten wie in manchen Baumärkten im Süden
Frankreichs, aber die kommen aus Österreich und sind viel weniger
teuer als die französischen aus dem Elsass.
Und wenn Fabienne eine Idee hat...
Sie hat telefoniert, hin und her Faxe geschickt und uns dann auf's
Laufende gebracht:
Um überhaupt diese Holzbriketts nach Frankreich importieren zu
können, muss man den Status eines commerçant haben, Kaufmann
sein, oder, besser noch, einen Brennstoffhandel haben.

Dann wollten die Österreicher wissen, wie denn die Distribution vonstatten gehen sollte, ob überhaupt hinreichend trockener Lagerraum vorhanden sei und so weiter.

Fabienne dagegen bestand darauf, man möge ihr zunächst ein ökologisches Unbedenklichkeitszertifikat, eine Analyse der Schadstoffe schicken, das weitere wäre dann überhaupt kein Problem mehr.

Vor ein paar Tagen nun hatte sie alle Informationen parat: Schadstoffe und Emissionswerte sämtlich unterhalb der europäischen Norm, Abbrand fast ohne Asche, ökologisch sinnvoll und ökonomisch empfehlenswert; Heizwert viel höher als Holz (mindestens 18,5 MJ/kg), doppelt so trocken wie normales Scheitholz und - außerdem ergibt die Asche mineralstoffreichen Dünger.

Triumphierend wie eine Kartenspielerin legte sie uns die bunten Prospekte hintereinander auf den Tisch.

Ja, fragte Jörg schüchtern, schön und gut, aber was ist mit dem Transport, was ist mit den Preisen? Und wie an die Kunden kommen?

Naja, räumte Fabienne, ein wenig ernüchtert, ein. Das kommt auf die Menge an.

Im Gegensatz zu Holz braucht man ja viel weniger Lagerplatz, n'est-ce-pas.

Also, ein ganzer LKW mit 24 to, also vierundzwanzig Paletten, würde - ohne TVA- knapp 7500.- FF kosten, sagte sie kühl.

Wir sahen uns bestürzt an.

Aber Jörg rechnet schon, betriebswirtschaftlich. Am Wochenende will er uns das Ergebnis sagen.

Und Serge musste noch unbedingt von la cigalle et la fourmi fabulieren, von wegen an den Winter denken und so.

Aber die Idee, die finden alle gut. Ökologisch auf jeden Fall. Weitermachen mit Anlieferung!

un amour fou

Es hatte lange gedauert, ehe Julien sich wieder erholt hatte, und es sollte fast noch einmal so lange dauern, bis er seelisch in der Lage und bereit war, uns entspannt zu schildern, was eigentlich geschehen war.

Es war plötzlich im letzten Sommer, aus heiterem Himmel sozusagen, wie ein coup de foudre über ihn gekommen. er hatte sich Knall auf Fall, über beide Ohren verliebt. Auf eine derartige Weise offenbar, dass ihm zunächst kaum jemand von uns glauben wollte, doch die feinen Schweißperlen auf seiner Oberlippe und das nervöse Genestel seiner Finger beim stockenden Erzählen zerstreuten bald unsere Zweifel.

Julien hatte es sich, wie er es häufig tut an warmen Vormittagen, in Uzès an der Esplanade mit dem Rücken an die Wand und dem Gesicht der Sonne zugewandt bei einem grand crème vor dem Café bequem gemacht. Wie man das halt so macht, Seele baumeln lassen, n'bisschen Zeitung lesen und - vor allem - das Leben und die Leute beobachten.

Da kam sie.

Ganz in schwarz, mit dunkler Sonnenbrille, setzte sich sich an den Nebentisch und bestellte einen petit noir.

Julien sagte, sie hätte ihn angelächelt, doch wer ihn kennt weiß, es wird umgekehrt gewesen sein.

Und sie kamen ins Plaudern, über Gott und die Welt, insbesondere in Südfrankreich, es war früher Sommer und sie eine Journalistin aus Hamburg.

Und, pourqoi pas, einen pastis, einen kleinen Salat bei Julien zu sich nehmen, einen kühlen rosé im Schatten auf seiner Terrasse, sie wollte ohnehin Eindrücke sammeln und ihr Französisch vervollkommnen, verstand Julien gut, und sie verbrachten angenehm den Nachmittag gemeinsam.

Auf ihre Frage, was möchtest du jetzt am liebsten?, war er nur sehr theoretisch gefasst, doch nach kurzer Überlegung habe er entschlossen erwidert: Ans Meer. Mit dir ans Meer fahren, direkt ans Wasser!

Sie fasste ihn um die Schultern, drückte ihm einen feuchten Kuss auf die Nase, führte ihn zu ihrem kleinen Talbot-Cabrio, setzte sich ihre dunkle Sonnenbrille wieder auf und fuhr beherzt mit ihm neben sich los.

Zügig ging es Richtung Nîmes, über den pont St. Nicolas, nach Poulx, über Marguerittes durch die kleine Camargue nach Le Grau du Roi, an einen Strand bei l'Espiguette, über Stock und Stein, unmittelbar am Wasser brachte sie den Wagen zum Stehen. Sie machten einen langen Spaziergang vor dem unverschämten Licht der langsam untergehenden Sonne, und sie waren beide so sehr verliebt, sagt Julien.

Es wird wohl schon gegen neun Uhr abends gewesen sein, erzählt er weiter, als sie sich zum Essen vor dieses kleine freundliche Restaurant fast am Strand von Le Grau setzten.

Schräg gegenüber der uralten, fast verfallenen Jugendstilvilla.

"Ich war", seufzte Julian und fuhr sich über's Haar, "ich war so was von verknallt, ich konnte es gar nicht fassen."

Dann ist mir ja so was Unangenehmes passiert, fährt er fort, ich hatte kaum einen Bissen im Mund, da musste ich mich ganz schlimm übergeben, unaufhaltsam, direkt auf den Tisch, mon dieu. Entsetzlich, nicht wahr?

Aber offenbar pas de problème. Es ging alles ganz schnell. Die patronne kam an den Tisch, fasste mit einer Hand das Tischtuch mit allen Speisen und Getränken zusammen, nahm mich bei der anderen Hand und zog mich in die Küche.

"Du bist verliebt, mon petit", hat sie mich angelächelt, "verliebt comme un fou" und mir mit einem feuchten Handtuch das Gesicht gewischt, "das kenne ich sehr gut!" Dann musste ich ein weißes

Hemd vom patron anziehen, mir die Hände waschen und zurück an unseren Tisch.

Mir war ja nicht übel, nein, la patronne hatte völlig Recht!

Der Tisch war längst wieder hergerichtet, Wasser, Wein und Gerichte bestens arrangiert und wir haben ausgezeichnet und in aller Ruhe gegessen.

Ja, und sie wollten keinen sou von uns, wollten keine Rechnung bringen.

Patronne und Patron haben uns mit einem wehmütigen Lächeln verabschiedet.

"C'est l'amour" hat sie wohl zu ihm gesagt und ihn ein wenig am Ohr gezogen, "c'est l'amour".

Michael hatte sein Kinn nachdenklich zwischen Daumen und Zeigefinger genommen. "Vieles, was das Leben menschlich, frei und reizvoll machen kann, haben wir von den Franzosen gelernt. Aber auf ihre Küche sind sie besonders stolz!" griente er und nickte leicht mit dem Kopf.

Julien und seine deutsche Journalistin haben den ganzen gemeinsamen langen Sommer an der Küste verbracht, im Oktober erst ist sie wieder nach Hamburg gefahren.

Im kommenden Frühjahr sollte er sie von dort abholen.

Nach Hamburg ist er dann auch gefahren, mit dem TGV bis Paris und dann weiter.

Sie wohnt in einem dieser schicken Häuser in Winterhude, meinte Julien, hat eine Wohnung mit Balkon im zweiten Stock.

Auf sein Klingeln ertönte der Türöffner, erzählt er weiter, er nahm die Stufen nach oben, da erblickte er auf dem Treppenabsatz einen hochgewachsenen blonden Mann, der die Arme in die Hüften gestemmt hatte und ihn prüfend musterte.

Hinter ihm lugte seine Journalisten-Brigitte aus der halb geöffneten Wohnungstür, mit glänzenden Augen ohne Sonnenbrille und mit derangierter Frisur.

An dieser Stelle seiner Erzählung benahm sich Julien zunehmend nervöser. Er fuhr sich durchs Haar, knackte mit den Fingerknöcheln und schüttele leicht den Kopf.

"Hier", flüsterte er , "in dieser Situation ergaben sich für mich zwei ernsthafte Probleme. Ein grammatikalisches und ein , nun, ein emotionales."

Die Freunde am Tisch blickten irritiert.

"Naja", seufzte Julien, "faire l'amour" ist ja unübersetzbar, aber wie hätte ich es denn korrekt konstruieren müssen? Mit 'à' oder mit 'avec'?

Und da wir Julien als einen Mann mit Geschmack und von guten Manieren kennen, hat er in Hamburg-Winterhude seinem Bericht zufolge nur die Schultern nach oben, seine Mundwinkel nach unten gezogen, die Handflächen nach außen gedreht, sich abgewandt und ist schweigend von dannen gezogen.

Und jetzt, nachdem der Frühling seines Mißvergnügens vorbei ist, schmiedet er neue Pläne.

Zwar ist l'amour männlich im Französischen, sagt er lächelnd, im Plural aber weiblich, ebenso wie délice: Les premières amours.

Eine caprice unserer Sprache.

Wer heilt hat Recht

Wenn ich mich recht entsinne, hatte Annie ihn eingeladen, im Herbst doch mal vorbeizukommen, und er kam auch, ich glaube, aus der Gegend um Hannover, mit einem wunderbaren alten Mercedes 230 über einige Tage zu ihr zu Besuch ins Dorf.

Über kurz stellte sich heraus, dass Erhard Arzt ist, und dass er über mehrere Ecken auch den einen oder die andere aus dem Umfeld der Freunde kennt.

Schlank, nicht übermäßig groß und frühzeitig fast kahlköpfig, schloss er sich mit ausgezeichneter Kondition gern unseren Wanderungen durch die garrigue und den Ausflügen an, und trug verschmitzt mit Anekdoten zu fast aller Erbauung bei.

Eine Geschichte davon ist hängen geblieben.

Jeder erinnert sich gern daran, und mit jedem neuerlichen Erzählen erfährt sie weitere Ausschmückung.

Als junger Arzt hatte Erhard eine Stelle in einem mittelsüddeutschen Kurbad ergattern können. Für ein Jahr sollte er dort als Badearzt zuständig sein für die Untersuchungen und Betreuungen junger Frauen , die eine Kur zur Bewältigung unterschiedlicher Erscheinungsformen von Stress verordnet bekommen hatten.

Das Alter der Damen lag zwischen 25 und 30 Jahren.

Nun, ein Arzt ist schließlich auch nur ein Mensch, und Ehrhard konnte den Anfechtungen des Lebens weitestgehend widerstehen, der Versuchung nur seltener.

Ihr müsst euch vorstellen, die meisten dieser jungen Frauen machten sich bereits den Oberkörper frei, ohne dass ich irgendetwas gesagt hätte, erinnerte er sich gespielt vorwurfsvoll. Ich hatte sie überhaupt nicht darum gebeten!

Erhard hatte viel, sehr viel zu tun, und seine Abende waren auch sonntags nicht frei.

Das Adressbüchlein des Badearztes Erhard wurde ständig ergänzt.

Eines Tages besuchte ihn sein alter Schulfreund Johannes, seines Zeichens promovierter Germanist und Historiker.

Erhard ernannte ihn nach schneller Einweisung flugs zum Assistenzkollegen, verpasste ihm einen weißen Kittel und die beiden betreuten von Stund an das Patientinnenaufkommen arbeitsteilig und kooperativ in den vorhandenen Praxisräumen. Erhard hatte Sichtschirme aufstellen lassen, aus Gründen der Diskretion.

Freund Johannes seinerseits deklarierte seinen Aufenthalt kurzerhand als Forschungssemester, und nach Jahresfrist fuhr jeder auf seine Weise und gut abgestimmt mit dem Notizbuch in der Hand lange Zeit durch die Republik.

Für Kost und Logis sind angeblich kaum Ausgaben entstanden.

In jenen Tagen pflegte Erhard einen uralten dunkelbraunen Lederblouson zu tragen, und er schwört bis heute Stein und Bein, dieses gute Stück habe magische Kräfte und ihm zu Glück und Erfüllung verholfen.

Die Jacke hat er noch immer im Spind, man weiß ja nie, feixt er, aber dass er irgendwann irgendwo sein liebes Notizbuch verloren hat, das ist denn doch überaus ärgerlich für ihn, nachhaltig sogar, meint er und streicht sich dabei irgendwie sinnlich über die inzwischen sonnengebräunte Glatze.

Heimatland

Most peticular führen sich bei Gott manche Briten im Süden auf.
Wir kennen Menschen, die es seit über zwanzig Jahren erfolgreich vermeiden, die französische Sprache zu erlernen. Wenn sie mal nicht umhin können, weil keiner englisch sprechen will oder kann, dann hört sich ihr franglais an wie eine Halskrankheit, oder, wie mein weiland Französischlehrer weniger sprachbegabten Mitschülern entgegenzuschleudern pflegte, als wenn eine Ziege auf eine Blechtrommel kackt.

"Ein wunderbares Land, wonderful" hörte ich jemanden sagen, "but, what a pity, dass der Franzose sich weigert, englisch zu sprechen!"

Unschwer erkennt man den Briten an seiner Kleiderordnung. Harries Tweed, häufig karierte Schirmmütze, die Damen in harter Dauerwelle, vornehmlich leicht violett. Ihr Schlendern könnte man als "Windsor-Gang" bezeichnen: Leicht gebückt, Hände auf dem Rücken ineinandergelegt und ausdrücklich interessierter Blick, teilnahmsvoll beobachtend.

In der Fremde treffen sich die jeweiligen Landsleute, compatriots, gern traditionell zu festen Zeiten an den gleichen Orten.

Für die Briten, außerhalb ihrer meetings in den Landhäusern ist das in Uzès zweifellos Samstagvormittags vor dem "temps perdu".

Noblesse oblige, möchte man sagen. Es gibt dort die bequemsten Terrassenstühle und man serviert den besten café au lait und auch guten tea.

Darüber hinaus begrüßt Madame ihre Gäste stets wie ganz liebe, enge Freunde, die sie jahrelang nicht gesehen hat.

Jeden Samstag.

So was schätzt in der Fremde nicht nur der Brite.

Die vielen, vielen Belgier in der Gegend freilich besuchen sich gegenseitig in ihren Gärten.

Auf die dumme Frage, wieso denn außerhalb der Ferien so

unglaublich viele Belgier in der Gegend seien, antwortete Thierry trocken, makaber und politisch nicht korrekt, weil die hinreichend Leute zuhause haben, die sich um ihre Kinder kümmern. Naja.

Deutsche, nun, die treffen sich auch, wenn am Samstag oder am Mittwoch Markt ist in Uzès.

Für die meisten ist das "Bengali" das Bistro der Wahl: sehen und gesehen werden, frühstücken und Unverbindlichkeiten austauschen, bemüht à la Francaise.

Der arrivierte Ferienhausresident hingegen residiert mit Gattin gern im "Nougatine", Terrasse ist zu vulgär, und nimmt huldvoll die honneurs entgegen.

Kosmopolitisch und vital geht's beim "Suisse d'Alger" am Place aux Herbes zu, international mit anarchistischen Tendenzen. Weinhandlung, bistro, café: man findet sich dort.

Und dann und wann auch bekränztere Häupter, Schriftsteller, Maler ,Musiker und Künstler und solche die es werden wollen, flanieren beflissen unauffällig vorüber.

Bei manchen Gelegenheiten muß ein leichtes Nicken des Kopfes genügen.

Gefeiert, gegessen, geraucht und auch gesoffen wird in internationaler Solidarität bei Freunden im Schatten von Olivenbäumen, bis dieser besternte Himmel des Südens meines Herzens sich über alle wölbt und die samtene Luft der Nacht beginnt verheißungsvoll zu duften.

Über alle Grenzen unbeliebt

Ereignisse gibt es, die vergisst man sein ganzes Leben lang nicht, Dinge, die nur schwer zu begreifen und zu verarbeiten sind. Fabienne hatte mal wieder die Freunde in Berlin besucht, Hauptstadtaufbruchsluft schnuppern und hatte zu dieser Reise den Europabus von Paris über Brüssel nach Berlin und zurück gebucht. Werner begleitete sie auf der Rückfahrt.

Sie hatten umfangreiches Gepäck dabei, denn Jörg hatte inständig gebeten, ihm doch mindestens fünf Kilo Biokartoffeln und, das besonders, von ALDI einige Gläser "Grünkohl, stramm gepackt" mitzubringen.

Die Wünsche der Menschen sind schon erstaunlich, aber wenn jemand an seinen Ritualen hängt und man ihm eine Freude machen kann...

Die Reise mit dem Europabus ist nicht nur recht preiswert, sondern auch ein Erlebnis. Alle zwei Stunden wird für eine kleine Pause angehalten, richtig schlafen kann sowieso niemand, und im Bus herrscht hoch kommunikative multikulturelle Stimmung.

Bis an die Grenze zu Belgien jedenfalls.

Anhalten, aussteigen, Passkontrolle. Das längst überwunden geglaubte, aber immer wieder gern praktizierte Gesellschaftsspiel.

Ein Kontrolleur tat sich als ganz besonders sorgfältig hervor. Zielgerichtet untersuchte er die Personaldokumente der drei dunkelhäutigeren Passagiere, schwenkte dann triumphierend deren Pässe und wies, stumm und entschieden wie ein Schiedsrichter beim Fußball, mit lang ausgestrecktem Arm zurück nach Deutschland.

Ach, ihre Pässe waren just nur noch bis zu diesem Tage gültig.

Kein Zureden, keine Diskussion, kein Argument, kein Hinweis auf das vereinte Europa, nichts konnte diesen verstockten Menschen überzeugen, die drei ihrer Wege ziehen zu lassen, keine Drohung mit Vorgesetzten oder Beschwerden, gar nichts. Halsstarrig und unerbittlich.

Der Bus hatte über drei Stunden Zwangsaufenthalt an der deutsch-belgischen Grenze.

Fassungslos standen die Fahrgäste in der Sonne des frühen Morgens, als Werner, die ganze Zeit erstaunlich schweigsam und konzentriert, unendlich müde und graugesichtig auf den Zöllner zuging, vor ihm stehen blieb, ihm fest in die Augen sah und sehr vernehmlich, weil die anderen ihn stumm beobachteten, zu dem Manne sagte:"Bonjour, Monsieur! Wir kennen uns doch. Wie geht es Ihnen denn?"

Der Uniformierte erbleichte, behielt jedoch eisern seine Haltung. "Wie bitte? Ich kenne Sie nicht. Behindern Sie bitte nicht meine Amtshandlungen, mein Herr!"

Werner wandte sich ab, legte die flache Hand auf die Stirn und setzte sich erschöpft auf die Rasenbegrenzung.

Fabienne war geschwind bei ihm fragte bekümmert, ob sie etwas für ihn tun könne.

Er schüttelte nur den Kopf, verneinend und zugleich ungläubig. Fassungslos.

Die beiden haben die ganze Geschichte dann erzählt. Die drei Mitfahrer mussten tatsächlich zurück, und dieser Zöllner, der war es, der Werner noch 1988 am Kontrollpunkt Dreilinden zwischen Berlin und der DDR bis zum Weißbluten kujoniert hatte.

Er war mit seinem alten VW-Käfer, eine Zigarette im Mundwinkel, bis an die Kontrolle gefahren. Der Zöllner, Kontrollorgan der DDR, hatte stumm die Hand nach seinem Ausweis und den Fahrzeugpapieren ausgestreckt und ihn weiterhin wortlos und fischäugig fixiert.

"Ist irgendwas?" will Werner ihn gefragt haben. Dann hatte er die Zigarette aus dem Mund zwischen die Finger genommen. "Sehen Sie", war die Bemerkung des Kontrolleurs gewesen, "es geht doch!" "Was geht?" "Ich rauche hier bei der Kontrolle ja auch nicht!", war die Antwort, "steigen Sie mal aus!"

Werner war ausgestiegen, hatte seine Kippe fallengelassen und sie ausgetreten.

Der Zöllner hingegen die Papiere sorgfältig in eine Plastikhülle gesteckt und ihm mit ausgestrecktem Arm und in einem Ton, der keinen Widerspruch duldete einen Besen gezeigt.

"Sie beseitigen zunächst die Verunreinigungen, dann werden wir weiter sehen!"

Werner besteht darauf, dass er mindestens 100 Quadratmeter der Betonfläche am Kontrollpunkt hat fegen und aufkehren müssen,wenn nicht mehr, zwei geschlagene Stunden lang.

"Menschen, die man nie vergisst", murmelte er, zündete sich eine Gauloise an und fügte hinzu "wie klein, wie entsetzlich klein diese Welt doch ist!".

Tele-kommunikation

Beileibe nicht immer strahlen im viel geliebten Süden Frankreichs die Sonne und die Farben, nicht ständig ist das Leben eitel Lust und Freude. Wenn es kalt, richtig kalt wird, unwirtlich und grau in grau, wenn Regen peitscht oder gar Hagel, vielleicht sogar der mistral noch lange drei Tage heftig und kalt von Norden pfeift, das schlägt aufs Gemüt und wohl dem, der hinreichend trockenes Holz für den Kamin, den Ofen, gelagert hat oder jemanden kennt, wo es warm, trocken und gemütlich ist.

Vorüber die duftdurchglühten Tage mit Wein und Rosen, vorbei die warmen Sommernächte voller Sternenstaub.

Rückzug nun allenthalben in die Hütten und die Häuser, lesen, Musik hören, schlafen, vielleicht auch träumen, das jetzt sind die Tröster, und auf das Frühjahr und den Sommer warten.

Eine Seele aber gibt es immer, auch im kleinsten Dorf, die, illegal, versteht sich, nicht angemeldet, doch noch über einen steinalten Televisionsapparat verfügt, schwarz/weiß, und ihn verschämt im Winter von dem Speicher holt.

Man glotzt TV an manchem Abend, gegen alle Vernunft, auch wenn das Streichquartett in e-moll vom Mendelssohn noch so wundersam hätte die Stimmung pflegen können.

Und wer das leugnet, lügt.

Hardliner hingegen surfen mit France Telecom, wanadoo, auf den Wogen des Internets und schicken depressive e-mails in die wundersame Welt. Rundheraus und freiwillig aber erzählt das keiner.

Fern-Seher dagegen haben ein Argument, das für alles entschuldigt. Sie schalten ausschließlich ARTE an, auch für den Wetterbericht, und sie sind begeistert über die lehrreichen features, die schönen alten Filme, schwarz/weiß eben, und - überdies - wird das Französische vervollkommnet.

Manchmal kommt kleine Wehmut auf, damals zum Beispiel, als die Reportage über die Schließung des Schlüter-Kinos in der Schlüterstraße, Berlin Charlottenburg, gesendet wurde.

In deutscher Sprache, mit französischen Untertiteln.

Nur dann und wann springen ungeübte Gemüter plötzlich auf, mitten im besten Film und stürzen ans Telefon.

Jedoch, es klingelte im Fernsehfilm und nicht am eignen Handy.

Musik kennt keine Grenzen

Der Innenhof des Rathauses in Uzès, gepflastert zwischen massiven uralten Steinen, imposanten Treppen und den Rundgängen der ersten Etage, wird gern als Ort für kulturelle Darbietungen benutzt, insbesondere für Konzerte klassischer Musik.

Die Mitarbeiter der Stadtverwaltung stellen dann ein Podest auf und sorgen für hinreichend Sitzplätze.

Allzu bequem allerdings sitzt man nicht, denn bei der Bestuhlung handelt es sich um Sitzmöbel schlichtester Konstruktion: Stahlrohr, zusammengeschweißt und mit je einem Sperrholzbrettchen auf der Sitzfläche und als Lehne. Eine harte und zugleich fragile Angelegenheit, aber praktisch, man kann diese Stühle nämlich ausgezeichnet stapeln.

Weil das Stahlrohr gebogen ist und auch ein wenig federt, ist, wenn der Nutzer ein gewisses Körpergewicht überschreitet, diesem Möbel gegenüber äußerstes Misstrauen durchaus angebracht. Damit etwa zu kippeln ist völlig ausgeschlossen.

In Jugendherbergen, Schulen und auch auf Dorffesten findet man dieses Modell noch, aber es verschwindet.

An jenem Abend sollten Oboenkonzerte von Albinoni dargebracht werden, wunderschöne Musik in diesem historischen Ambiente.

Vor uns hatte ein älterer, recht wohlbeleibter Herr Platz genommen. Rechts und links von ihm saßen seine entzückenden Teenagertöchter, und beide flüsterten ihm eindringlich zu, um des Himmels willen bloß ruhig zu sitzen, Papa, diese Stühle...Er machte eine unwirsche Handbewegung, murmelte so etwas wie "Paperlapapp!", legte den Finger auf die Lippen und harrte gespannt dem Beginn des Konzertes.

Der Hof es Rathauses ist, wie erwähnt, gepflastert, gemischt aus Granitplatten und sogenannten Katzenköpfen, dazwischen natürlich Fugen und Spalten.

Eines der vorderen Stahlrohrbeinchen von des Vaters Stuhl mußte nun in eine solche geraten sein, denn der Mann saß auf einmal überaus schief auf seinem Sperrholzsitz.

Er wollte nicht stören und rücken und rutschen, verlagerte ein wenig sein Gewicht und lauschte konzentriert der Oboe.

Plötzlich wurde er zusehends kleiner, langsam, ganz langsam, immer kleiner.

Dann sahen wir es genau. Weich und lautlos spreizten sich die beiden hinteren runden Stuhlbeinchen in Zeitlupe nach außen.

Entschlossen griffen wir dem Manne von hinten rechts und links unter die Arme, da war's auch um das Stühlchen schon geschehen, es kippte vollends nach hinten weg.

Der schwergewichtige Vater reckte sich hoch auf, tupfte sich nervös den Schweiß von der Stirn und strebte, pardon, pardon murmelnd, aus seiner Sitzreihe.

Den Rest des Konzertes hat er auf der unteren Stufe der Steintreppe sitzend genossen, lächelnd und entspannt.

Fasten, fühlen und verstehen

"Wer fastet, erlebt märchenhafte Dinge", dessen war sich die internationale Esoterikerfraktion des départements bewusst und sicher, und so kam es nur gelegen, dass im Anzeigenteil einer großen deutschen Wochenzeitschrift unter "Gemeinsames Erleben" ein Wochenseminar mit dem Titel "Fasten, Fühlen, Verstehen" angeboten wurde.

Natürlich wurde dieses Angebot sehr ausführlich und einfühlsam diskutiert, und letztlich wurde Peter gefragt, wie es denn so sei, ob er nicht an dem Seminar teilnehmen wolle. Schließlich müsse er ohnehin nach Deutschland, da könne er doch... und überhaupt, eine kleine Gewichtsreduktion täte ihm sicher gut.

Außerdem seien Männer seines Alters sowieso tendenziell emotional gestört, er solle das mal mitmachen und berichten.

Die Kosten, stolze 1200,- DM, würden ihm dann schon erstattet werden.

Nach langem wenn und aber und hin und her ließ Peter sich überreden. Er musste zunächst nach Köln, Wuppertal, Frankfurt und später nach Berlin fahren, da lag das Sauerland irgendwie schon auf seiner Route.

Ja, in einem Hotel an einer Talsperre im Sauerland sollte das Seminar Anfang November stattfinden, und so meldete er sich als Teilnehmer an.

"Du siehst ja blendend aus!" jauchzte Monique, als Peter Ende November wieder im Dorf auftauchte, "ausgezeichnet! Und soo schlank!"

Da hätte sie schon Recht, und das Rauchen hätte er auch aufgegeben, schmunzelte er geschmeichelt, blinzelte und fügte trocken aber bedeutungsvoll hinzu "tja, fasten, fühlen und verstehen..."

An einem der nächsten Abende, am Swimmingpool im Garten von Marie und Michel nun wollten alle es ganz wissen. Wie war das denn nun? Erzähl doch mal!

Wo soll man anfangen, wo soll man aufhören? Ein derartig komplexes Thema wie "fasten, fühlen und verstehen" erfordert Sammlung, über die Erfahrungen zu berichten noch mehr und Konzentration dazu.

Peter versuchte, sich kurz zu fassen.

Die Anfahrt allein war zauberhaft, Mischwald, kleine Straßen, Spätherbstsonne, das Sauerland kann sehr schön sein, und es dauerte seine Zeit, bis er den Ort, und noch einmal eine Weile, ehe er das Hotel gefunden hatte.

Gegen 15 Uhr sollte das Seminar beginnen, um 12.30 war er eingetroffen und nahm, eingedenk der Dinge, die zu erwarten standen, eine vorerst letzte schmackhafte Mahlzeit, vegetarisch, in dem zum idyllisch über einem See liegenden Hotel gehörenden Restaurant ein.

Ein kleiner Spaziergang durch den herbstlichen Wald und danach, wie vorgesehen, an die Hotelrezeption.

Eine gewinnend lächelnde Dame, doch Endvierzigerin, begrüßte ihn empathisch, sagt Peter. "Sie müssen der Peter sein, nicht wahr? Sie sind der erste! Willkommen, willkommen! Und indem Sie ihm freundlich und zugewandt die Hand reichte, fügte sie hinzu:"So blind dates sind ja doch voller Überraschungen!"

Irritiert, so Peter, sozusagen befremdet, habe er gemeint, dies sei ja wohl kein blind date, sondern er sei zum Fasten gekommen. Zum Fühlen und Verstehen auch, freilich, aber..."

Nun, ihm wurde ein Doppelzimmer mit Waldblick zugewiesen, zum Preis eines Einzelzimmers, versteht sich, man würde sich, wenn alle Teilnehmer eingetroffen seien, dann um 18 Uhr in der Lounge treffen.

Lounge, tja. Dieses Hotel, erzählt Peter, das war so altdeutsch, irgendwie muffig, Stilrichtung Gelsenkirchener Barock, schwere Eichenpolstermöbel und Kupferlampen, durchwabert vom Geruch nach Bohnerwachs und Latschenkiefernextrakt. Beklemmend an Reformpädagogik , gesunde Lebensführung und vernünftiges Schuhwerk gemahnend.

Und die anderen Teilnehmer trafen nacheinander ein, einer mit einem kleinen Hund, der der Dame, die ihn streicheln wollte, erst mal spontan in die Hand kniff.

"Naja, wenn Sie irgendwohin kommen, wollen Sie doch auch nicht, dass man Sie gleich anfasst, oder?" , brachte der Halter trocken als Erklärung raus.

Jeder sollte sich nun kurz vorstellen, das war interessant, acht Menschen, vier Frauen, vier Männer, Seminarleitung, Hoteliersehepaar und ein Arzt.

Nun, sagt Peter, dann haben wir eben eine knappe Woche gefastet. Es gab nur Tee und Molke. Alkohol und Tabak waren absolut tabu.

Zuallererst gab's jedoch ein abführendes Getränk, zur Darmreinigung, wurde erklärt, mon dieu.

Und begleitende Diskussionsrunden, Thema "Männer und Frauen", ach, déjà lu, déjà entendu, déjà vu, aber de bonne volonté, sagt er, das schon.

Und Yoga-Übungen am Vormittag, ausgezeichnet, mit meditativen Facetten.

Und, keinesfalls zu vergessen, nach der mittäglichen Molke den 'entgiftenden Leberwickel'. Da musste man sich ins Bett legen, eine heiße Wärmflasche auf die Leber legen, und dann kam die Seminarleiterin, streute ein Salz auf den Bauch, legte ein warmes Handtuch darüber und darauf wieder die Wärmflasche.

Das war schon entspannend.

Zuvor hatte der begleitende Arzt sehr bedeutungsvoll jedem Puls und Blutdruck gemessen und sich interessiert die individuellen Krankengeschichten angehört, das darf nicht vergessen werden.

Auch nicht, dass die Seminarleiterin, sie hatte sich inzwischen als Medizinjournalistin geoutet, verhalten und zart, die

Leberwickelutensilien dabei, an Peters Tür geklopft hatte , auf sein "bitte", in klimaktorisch - dynamischer Verve in sein Doppelzimmer getreten war und kokett : Bist du willig und bereit? gefragt hatte.

Er habe, sagt Peter glaubhaft, sich nachhaltig an den Talmud erinnert gefühlt, aber auch zum Beten sei ihm schon überhaupt nicht zumute gewesen, und seine spröde Antwort sei "weder-noch" gewesen, als er die Bettdecke zurückschlug und ihr seinen haarigen Bauch für den Leberwickel präsentierte.

Nach drei Tagen des Fastens wurden die Teilnehmer-natürlich freiwillig - zur Blutabnahme und -analyse gebeten.

Ein bemerkenswerter Vorgang war das, lächelt Freund Peter, unvergesslich nachgerade.

Es ging nacheinander, im Abstand von einer Viertelstunde, in die Naturheilpraxis oder besser Praxis für Naturheilkunde einige Häuser entfernt. Dort wurde einem aus dem Ohrläppchen Blut entnommen, dieses Blut wurde sofort elektronenmikroskopisch untersucht und es wurden per Computer Fotos des Blutes und ein Analyseprotokoll angefertigt.

Alle, ausnahmslos alle Teilnehmer des Kurses waren nach ihren Analyseergebnissen sehr blass um die Nase zurück ins Hotel geschlichen.

Verhalten und gefasst teilte man sich gegenseitig mit, daß es mit der Lebenserwartung wohl nicht mehr so weit hin sei, grinste unser Berichterstatter.

Allenthalben floss das Blut zu schwer, waren irgendwelche Schadstoffe darin erkennbar geworden und auch parasitärer Befall, grauenhaft.

Das war aber noch lange nicht alles!

Diese Befunde wurden per Fax von der Assistentin an einen Fernheiler im Niederbayrischen geschickt. Der nun analysierte erneut , stellte über Nacht seine Therapievorschläge zusammen und faxte zum nächsten Tag alles zurück.

Das war der nächste   Schock. Der Fernheiler hatte auf einer vorgegebenen Skizze jeweils die Körperteile markiert, die nach seiner Überzeugung von Gebrechen heimgesucht wären.

Ein Körnchen Wahrheit war für jeden dabei, ob nun Knie, Schultern, Füße oder der Magen angeblich angegriffen waren.

Wir nannten diese Befunde unser "Bluthoroskop".

Na, und die homöopathische   Verordnung war gleich beigefügt worden. Ich, sagte Peter nachdenklich, ich soll jede Woche kleinste Dosen von Arsen und auch Ameisensäure zu mir nehmen. Ich möchte aber lieber nicht. Wenn ich ans Meer fahre und in der Sonne sitze , erhole ich mich besser, glaube ich, fügte er hinzu.

Er raucht jetzt wieder, ernährt sich mediterran-bewusst, und dem Rotspon hat er auch nicht völlig abgeschworen.

Si la musique renaît dans ton âme

Comme comédien et musicien il est important d'apprendre à maîtriser nos émotions, déclarait la jeune pianiste pendant un interview sur radio France musique, et, pour moi c'était toujours le deuxième mouvement du piano concerto n°5 de Beethoven qui me faisait éclater en larmes.

Pour arrondir son interview, le modérateur malin et un peu méchant faisait jouer un enregistrement de 1984, avec Rubinstein et Barenboim - à fondre. Mademoiselle a quand même gardé sa contenance, bien joué.

Le soir j'ai raconté cette scène aux amis, rassemblés sous notre figuier en dégustant le bon rosé frais de l'été, et j'ai ajouté, que moi aussi j'aime ce concerto du fond du cœur et il me fallait arrêter la voiture, me garer et écouter l'émission jusqu'à la fin, et les larmes aux yeux moi aussi.

Quelle coïncidence: un des amis sortit son petit appareil, i phone ou pareil, me passe les écouteurs (il n'y a pas haut-parleur sur ces appareils) et me le fait écouter encore une fois; son morceau adoré aussi. C'était charmant et émouvant, néanmoins pas du tout à comparer avec la situation matutinale dans ma voiture.

Cela donna l'occasion aux autres de parler de leurs musiques à eux et une des amies défendait avec un engagement passionné le concerto d'Aranjuez, présente par un guitariste espagnol très célèbre, malheureusement elle avait plus son nom en tête (Joaqin Rodrigo, 1939).

Oui, le concerto d'Aranjuez, oui, mais joué par Miles Davis, ma chère, Paris 1964 au chat qui pêche, St. Germain, oui, et je sortais mon appareil portable de mon bureau, muni de haut parleurs, heureusement je trouvai en quelques minutes le CD, sketches of spain, et toute la bande de faire un voyage sentimental.

Et - Aranjuez - c'est quoi, c'est où?

Alors, mon heure de donneur de leçon, de petit bourgeois malin est arrivé; avec le sourire amère de connaisseur j'ai déclaré que Aranjuez était une ville pas loin de Madrid, à l'époque résidence d'été des rois d'Espagne et - attention - le lieu ou Schiller a laissé agir son drame Don Carlos.

Et avec un dernier verre j'ai cité : "Les beaux jours d'Aranjuez sont maintenant terminés, Majesté..."

À la recherche du temps perdu

Ceci n'est pas une histoire de voyage, c'est une déclaration d'amour franco-allemande.

La jeunesse se termine, quand on comprend, que l'été ne dure pas éternellement– si l'on veut suivre une pensée de Marcel Pagnol.

J'ai insisté pour refaire ce voyage, même si l'on ne doit pas retourner sur les lieux où l'on a était heureux.

Bon bref, justement de retour d'une belle promenade qui nous a mené à Arreau :

Ça fait 40 ans que nous y avions séjourné pendant l'été 1972. Déjà tombés incurablement amoureux de la France depuis assez longtemps, nous avons retapé notre vieille Mercedes, notre éléphant gris, et – en route !

De Berlin ouest à travers la RDA, puis la RFA, la Suisse, et tout fût très agréable jusqu'au Mont Blanc.

Le tuyau d'échappement de la vieille bagnole n'avait pas supporté les efforts montagneux et il cassa net.

Un forgeron suisse nous a dépanné en bricolant un tuyau de plomb.

Cette solution de fortune nous mena jusqu'à la ville d'Arreau.

Mais là-haut le moteur chauffait trop : le joint de culasse péta.

Le garagiste – le seul sur place à l'époque – voulait bien réparer le moteur, mais manquant de pièces détachées il n'y arrivait pas.

Bientôt nous comprenions qu'il s'était attaché à la Mercedes. Oui, d'accord, il pouvait la garder, mais comment pourrions nous retourner en Allemagne ?

Il nous proposait un échange honorable : la Mercedes contre une Traction-Avant !

Bonne idée, bien sûr, mais – hélas – nous ne lui avons pas trouvé de pneus, ni à Tarbes, ni à Pau.

Alors, que faire ?

Le garagiste savait bien, que dans le garage du directeur de la banque sommeillait une belle 2CV d'occasion, que Monsieur le directeur avait promise en cadeau à sa fille pour son bac.

Elle ne l'avait jamais obtenu.

Nous logions dans une pension familiale. Le propriétaire était chasseur tellement raciste, que j'ai honte encore aujourd'hui d'en parler.

Son épouse par contre fût la reine de la cuisine et une sorcière à inventer chaque jour de nouvelles variations en délicatesses. Madame gâta ses « deux jeunes sans voiture » pendant toute la semaine par une manière impressionnante.

Elle reste responsable de notre amour à tout jamais pour la cuisine à la bonne franquette – simple, frais, mais sain et savoureux.

À notre séjour actuel j'ai mentionné notre histoire et surtout cette auberge à l'office de tourisme et à la mairie ; tout le monde devinât de suite de qui je parlais, même après 35 ans !

Nous avons acheté la 2CV à un prix très raisonnable et laissé notre fidèle éléphant gris au garagiste. Mais - après obtenu sans difficultés la carte grise à Tarbes – il fallait bien faire un essai avec la nouvelle voiture.

Jamais je n'oublierai le visage pâle aux grands yeux de ma femme, quand, en descendant du col d'Aspin, le moteur s'arrêta.

Il fallait freiner, quoi donc ?

La 2CV nous a servi encore plusieurs années à Berlin. Le seul problème se posait en traversant la frontière allemande/allemande vers Berlin.

Les agents des organes est-allemandes ont eu de graves difficultés à accepter qu'un couple allemand, non marié, roule en 2CV immatriculée en France vers Berlin ouest : des enfants de l'univers, des européens…

Pour traverser la RDA ils nous ont fait payer une assurance presque au prix de la voiture !

Plus tard nous l'avons vendue à un amateur de 2CV à un prix d'ami.

Elle n'existe plus, notre Mercedes non plus.

Cette fois-ci, en 2007, nous nous sommes mis en route vers Arreau en 307 break à la recherche du temps perdu.

La beauté de la ville offre de nouvelles facettes.

Cette fois nous sommes venus en voisins. Notre amour incurable pour ce pays, enfin comblé par l'achat d'une maisonnette dans le sud - bien sûr – que nous avons retapée il y a déjà 25 ans.

Les cheveux blanchissent mais l'amour reste.

As time goes by

Il y a des gens qui souffrent depuis leur adolescence d'une maladie inguérissable: l'amour pour la France.

Soit que l'on dise »la France c'est le pays qui m'a donné la vie », soit que l'on soit convaincu qu'un jour la France donnera le socialisme au monde.

C'est comme ses premières amours, son premier verre de rouge, le premier poème, le premier cri d'amour, l'odeur de sueur, de l'ail et d'un parfum bon marché, la première chanson en français : du jamais oublié.

Et bien sur, surtout si l'on a la chance d'être accueilli dans son pays de rêve, un jour on commence à déformer très légèrement la réalité pour découvrir comment elle fonctionne vraiment.

Prenons un de ces jours de nuit courte, la bringue jusqu'à l'aube et la tête tournoyante des idées fixes et de rêves d'un avenir radieux on se met néanmoins au volant pour rendre visite à la grande bleue.

En route il fallait qu'on s'arrête dans un village devant une pharmacie pour demander de l'aspirine: better living through chemistry, pourquoi pas.

A la porte déjà, au premier regard, le cœur s'arrête.

Du cinéma, du rêve ? C'est elle, la jeune pharmacienne, sans aucune doute, c'est vraiment elle : Jeanne Moreau te demande avec un sourire bouleversant moreauesque et aux yeux moqueurs ce que tu voudrais.

Reste à couvert, mon vieux, calme toi. Faut compter jusqu'à trois, un, deux, trois.

Ton aspirine, un verre d'eau – un jamais oublié non plus.

Un jour, promis, tu va y retourner, ça ira, faut régler ses dettes, au moins.

Le rêve est une seconde vie, dit Nerval, semble qu'il a raison, au moins symboliquement.

Arrivé à l'Espiguette , le Grau-du-Roi, tu marches de longes kilomètres pour retrouver la clarté de ton crâne et de ton âme.

Jeanne Moreau. L'incarnation de la femme française, une actrice exceptionnelle, authentique, une déesse, mon cher Baudelaire : à une passante, ô toi que j'eusse aimé, ô toi qui le savait. Devenue pharmacienne dans un village, pour qu'elle sache pourquoi.

Le petit café pris sur la rive gauche du port reconstruit la vérité comme elle fonctionne vraiment (?). Deux vieillards, calmement assis sur un banc, des vieux philosophes aux visages gravés, sans doute arrivés de loin par la mer, se regardent avec une méfiance sulfurique. Tout à coup l'un d'eux se lève, et avec sa canne, bat son ami sur le dos et aussi sur la tête en criant : »Moi ? Moi ? Suis plus français que toi ! »

Faut que tu rentres à la maison, étranger, faut que tu te réveilles. Le film se termine.

Auto-vision

Mon ami allemand est fou, il est fou d'anciennes voitures françaises, de Citroën et surtout de Panhard, une marque que personne ne connaît plus. Il est tellement amateur, qu'il est membre de quelques clubs des fous de Panhard et qu'il a entièrement restauré sa belle P 24, coupé rouge. Il a même pris part à la réunion européenne 2011 en Suède! Aller et retour de Frankfurt en Allemagne, quand même! Comme toubib retraité, il dispose de temps et, enfin, de certains moyens pour réaliser ses rêves d'automobiles d'autrefois.

Un jour il m'a appelé. Sur un site web français achat/vente il avait trouvé une annonce 'Panhard de collection'. Est-ce que je pourrait m'y rendre, pas loin, dans le Gard, et jeter un coup d'œil sur l'objet de ses fantaisies et puis lui en faire un rapport. Chose promise, chose due. J'ai pris rendez-vous avec le propriétaire et, par expérience et sécurité un ami m'a accompagné comme témoin.

Dans cette petite ville aux pieds de Cévennes, le vendeur nous a fait un accueil chaleureux, nous avons examiné la bagnole, pris des photos, visité ses garages, ses autres voitures anciennes, c'était charmant, nous avons partagé un pastis et plusieurs fois j'ai répété, que je ne pouvais pas prendre aucune décision pour l'achat, que la visite était de la part d'un ami allemand et qu'il me fallait attendre sa décision , qui allait prendre quelques jours, et pour preuve de mon honnêteté j'ai laissé un chèque de caution de € 300,- , et que Monsieur le garde et la voiture aussi jusqu'à la décision définitive.

Puis j'ai fait un rapport par téléphone à mon ami en Allemagne et lui ai envoyé quelques photos par E-mail. Assez rapidement il s'est décidé: trop chère la bagnole, trop de travaux à réaliser - NON, pas d'achat de la Panhard.

En informant le vendeur du Non de mon ami, celui-ci m'a parlé d'un camping-car qu'il venait d'acheter, et - dommage - il était fondamentalement convaincu que mon ami ou si non moi achèterait sa Panhard.

Le lendemain à ma banque j'ai eu la mauvaise surprise de découvrir que Monsieur le propriétaire de la Panhard avait encaissé mes 300,- et remis sa voiture en vente sur le même site , 300.- moins cher. Plus rien à faire, à fonds perdu...

Le pouvoir du destin

Un de nos amis est fanatique de citations et de proverbes, et il est convaincu au fond de son âme que quelques pensées sont bien utiles pour s' orienter dans la vie et maîtriser son existence.

Un jour, il nous a raconté qu'il avait lu quelque part que l'étranger voyageant n'arrive pas à comprendre le caractère profond du pays de son choix sans avoir une relation amoureuse avec une autochtone.La chance lui sourit après un délai assez court; il tombe amoureux d'une Française de son âge et vice versa. Une femme aux cheveux flamboyants, au parfum capiteux accompagné d' effluves d'ail et de sueur, dont le regard méditerranéen brille fiévreusement. Elle le cherchait avec la prudence de celle qui ne veut pas être prise en flagrant délit. Dans son regard furtif il y avait une sorte d'impudence, d'insolence. Elle se livrait à une inspection rapide par laquelle il se sentait touché, comme par une main sur sa peau.Tout semblait déjà écrit.

Sa connaissance du français à lui s'améliore à une vitesse étonnante, et on les croise tous les deux aux vernissages et aux fêtes.

Plus tard, raconte-il, mi-amusé, mi-amer, il l'avait invitée chez lui pour un apéro et un repas romantique. Tout s'était bien passé, le vin était excellent, la musique bien choisie, les cigarettes épicées, ils avaient dansé, ils étaient tellement amoureux... jusqu'au café arrosé, quand elle lui a annoncé qu'elle aimerait bien rester la nuit chez lui, mais que ça n'était pas possible pour elle.Pas du tout.

Sidéré, il l'avait questionnée, mais pourquoi enfin, et elle avait répondu tout en le félicitant pour la soirée magnifique, qu'elle ne pourrait à aucun prix passer ne fût-ce qu' une heure, sinon la nuit dans ses draps, qu'elle ne supporterait pas, vraiment pas de les regarder.

Un drapeau américain et des personnages des BD Mikey-Mouse

étaient imprimés sur la housse.

Un bisou en partant, de temps en temps un café, les jeux sont faits; rien ne va plus, seule une vague réminiscence de son parfum flotte encore dans son intérieur.

Bouleversement intégral

Les problèmes restent, même si l'on a appris et peut-être compris quelque chose, peut-être pas cela qu'il faut pour comprendre le tout en totalité, mais au moins pour une orientation générale dans la vie: "agis seulement d'après la maxime grâce à laquelle tu peux vouloir en même temps qu'elle devienne une loi universelle."*

Bon bref, on prend son petit café à l'esplanade d'Uzès, le soleil de printemps chauffe l'âme, quelques journaux sur la table pour s'informer des choses dans le monde qui se sont déjà déroulées, un café au lait, un thé...la vie est belle.

Des passantes, des connaissances, on salue, on sourit, et puis c'est elle, habillée entièrement de noir, cheveux gris-blond très courts, des lunettes sans cadre, elle n'a plus vingt ans depuis longtemps, qui arrive et s'arrête à notre table, prend sans politesse une chaise et, avec le sourire, commence aussi, sans demander notre accord à feuilleter nos journaux en les commentant d'une manière assez particulière et étrange: il n'y a plus de livres dignes de ce nom, aujourd'hui chaque journal vendu avec un magazine, c'est la mode, non, elle ne souhaite ni café ni chocolat, elle se prépare pour partir en voyage en Italie, et puis elle s'en va et nous laisse bouleversés. Quelle présentation!

C'est notre nouvelle voisine dans la résidence, une allemande d'âge incertain, qui vient de s'installer dans une maison louée, avec jardin, accompagnée de son chat et son petit chien. À peine aperçue l'immatriculation de notre voiture elle s'est approchée de nous les bras ouverts: ah, des Berlinois! Quelle surprise!, pour nous informer qu'elle était écrivain et qu'elle avait quitté son pays natal il y 45 ans, qu'elle avait vécu aux états unis et en Angleterre, qu'elle avait vendu sa maison dans un village près d'Uzès et qu'elle envisageait de s'installer définitivement en Italie, aussi et surtout qu'elle avait peur de tomber malade du cancer à cause d'un transformateur EDF à côté, qu'elle n'allait pas rester dans cette résidence, trop dangereux. Bon bref voilà. Les soirs elle nous appelle parce qu'elle se trouve en rupture de vin rouge, de bon matin, parce que sa voiture ne démarre pas et qu'elle a laissé ses clefs dans la maison et fermé la porte principale.

Elle connaît et discute tout, la littérature, classique et contemporaine, l'art, la politique, le temps, la qualité du vin de la région, la manière de se nourrir suivant les règles de santé, elle a un caractère arrêté et ne doute jamais, et - elle est riche, elle a hérité de la fortune de son mari.

Impressionnante, n'est-ce pas?

Mais même si elle n'est pas Jeanne Moreau ni Juliette Gréco, elle essaie désespérément de se présenter comme une personnalité importante. Malheureusement sans la moindre politesse, sans distance, sans gêne et sans charme. Convaincue de son originalité.

Comment réagir, comment garder ses distances, comment garder son terrain? Très bonne question. Faut-il vivre avec? Un jour arrive où l'on commence à douter de ses propres compétences à communiquer: Est-ce qu'on n'a rien appris, rien compris?

Au moins que la résidence est située dans le voisinage de la clinique psychiatrique d'Uzès.

* E.Kant

Ça arrive

Oui, ça arrive, en haussant une épaule et avec un sourire aigre-doux :
ça arrive. Soit on t'a piqué ton portefeuille, soit quelqu'un t'a cassé
la vitre de ta voiture pour te dévaliser, soit…n'importe, il y a des
jours de vdm, la 'Libération' en a déjà fait un site, vdm, vie de
merde. Sûr et certain, il y a des jours – zut. Standard.
Alors, un de ces jours tu te faufiles à Nîmes, tu te rends à la coupole
à la recherche d'un cd à la Fnac qui sans doute va te désoler plus
tard : seule la musique classique ne te déçoit jamais ou presque ;
n'importe : en buvant ton petit noir (sans cigarette, quoi donc !) tu
remarque soudain, que le lacet de ta chaussure droite est déchiré.
Bon, pas de mal, il y a un cordonnier minute au deuxième à la
coupole, vite, vas-y pour acheter et remplacer le lacet.
Oui, ça arrive, sourit-il, ton dépanneur.
Alors, une paire de lacets, svp, en marron, 40 centimètres, svp.
Bien sûr, les voilà. Quatre-vingt, svp.
Tu sors tes sous. Il te fixe : Quatre-vingt, j'ai dit, svp.
Alors, comment ?
Oui, quatre euros et vingt centimes.
Pour une paire des lacets.
Je ne blague pas.
Mais j'avoue que j'étais tellement bouleversé, que j'ai réglé sa
demande.
Après un autre café tu te dis que ça ne va pas.
Les mains en sueur de colère de toi-même et de frustration tu te
retournes encore chez le cordonnier pour clarifier l'erreur.
'Non non, tout est correct', explique-t-il sans honte ni ironie.
Tu insistes en colère qu'il te tamponne une facture.
Bien sûr, ça aussi.
Et alors ?
T'as bien payé vers les 30 francs pour une paire de lacets.

Attention, ça arrive, mon vieux.
Marche ou crève.

C'est la vie

« La peur de vieillir abîme plus que l'âge » (Jeanne Moreau) – on pourrait bien disputer de longues nuits sur cette idée sans trouver un accord, il y en a plusieurs. Par exemple chercher la clarté pendant les repas estivaux sur la terrasse avec les invités sur la question de savoir comment les gens sont parvenus au Moyen Âge à mesurer la profondeur de la méditerranée ou comment les romains ont résolu le problème d'approvisionnement de Nîmes par les eaux de l'Eure via le pont du Gard. Une autre question demeure, - au moins philosophiquement – pourquoi pendant le culte dans l'église l'organiste est-il assis le dos à la communauté ?
De vraies questions éternelles.
Retournons aux problèmes du vieillissement.
Depuis des années en roulant vers la côte camarguaise nous avons le grand plaisir à chaque fois de saluer notre vieil ami, un pin parasol solitaire et majestueux au bord de la route entre Aiguës Mortes et Les Saintes Maries de la mer.
Cette année il est tombé vieux et malade. La moitié de sa verte couronne immense tout à coup est devenue marron foncée, sèche.
Pourquoi ?
On l'ignore. On parle de la pollution, de la vieillesse, d'une maladie …
Comme chez les êtres humains la vie des arbres est limitée. Ils meurent. Et assez souvent personne ne sait pourquoi.
De temps en temps un jeune couple de l'Allemagne du sud passe nous voir pour partager quelques bons moments sous le beau ciel étoilé de la Provence. Tous les deux de grands amateurs de vélo et de nature. Elle a un beau boulot à l'université, lui, après quelques temps comme procureur de la république, maintenant remplit la fonction d'un juge. Qu'il porte un tatouage au bas de la jambe droite ne l'empêche pas de représenter sérieusement et avec dignité sa

profession.

Sa chère épouse trouve sa formation littéraire assez rudimentaire et alors, il lit, il fait des efforts pour échapper au danger de la déformation professionnelle.

Cet été avec un grand plaisir et des effets inattendus il a lu Herman Melville : 'L'écrivain Bartleby'. La phrase célèbre de cette œuvre en anglais : »I would prefer not to », en français peut être « Je préférais ne pas faire ».

Cette lecture renforce l'éthique et le parti pris de distance de monsieur le juge envers sa profession. Maintenant il peut accepter qu'un homme libre soit un homme qui sait dire « non », et c'est bien ce qu'il veut rester sous la mascarade judiciaire de sa robe.

Lire, vieillir et comprendre, au moins accepter quelques petites choses est-ce que cela serait la vie ?

Au moins il a donné sa parole d'honneur d'approfondir ses jugements.

C'est l'hiver

Pour éviter la grippe, une bronchite ou pire, il est fortement recommandé de s'équiper de vêtements confortables et chauds pendant la saison hivernale, surtout dans le sud, où l'on sent le froid carrément beaucoup plus fort.

Pour un manteau, une veste, une parka - vaut mieux savoir à l'avance ce qu'il faut, la taille, la couleur, le matériel et - le prix. Bienvenu comme chaque année aux soldes, 30, 50, jusqu'à 70% de réduction, mais ce n'est pas la tasse de thé de chacun de se déplacer en voiture et se jeter dans les hordes qui déferlent dans les magasins à Nîmes, Montpellier et Avignon.

Alors, on commande par l'Internet, commodément, facile et normalement une expérience assez satisfaisante, au moins s'il s'agit de cd et de livres. Bon, une fois le vêtement trouvé à l'écran, taille et couleur souhaitées, on commande et on règle en avance par carte bleue, procédé sécurisé. De suite le commerçant, disons la grande distribution, répond par mail, que tout va bien et qu'ils vont mettre en route le colis le lendemain, qu'on le recevra en quelques jours. Soit on choisit l'envoi par la poste, soit ils le déposeront dans un 'relais'.

Nous avons choisi un relais, parce-que on ne sait jamais si l'on sera à la maison quand le facteur arrive. Commandé le 12 janvier, le distributeur nous informe par mail, que le vêtement souhaité se trouve au centre régional de tri (c'est quoi?) et va être expédié au relais choisi sans retard.

Le 16 janvier, encore au centre régional, le 23. pareil, mais le distributeur promet par mail qu'il fera des recherches, qu'il ferait des efforts pour retrouver et enfin placer le colis au relais.

Par l'Internet nous avons appris que ce fameux relais va fermer définitivement ses portes le 31 janvier.

Alors, un troisième mail de notre part, le temps devient de plus en plus froid, la neige tombe - pas encore de veste d'hiver! Oui, on va s'en occuper...

J'avoue, que je n'ai payé que la moitié du prix, d'accord, mais ma patience est mis à rude épreuve.

Que faire? Rester patient et courageux, avoir froid, tomber malade? Lutter? Il me semble qu'on ne vit pas dans le meilleur des mondes, qu'on est toujours pris comme mouton docile, comme un débile.

Enfin, encore un autre appel au service clientèle, surprise: Le marchand a retrouvé les traces du colis, entre temps il est informé que le relais prévu va fermer, c'est à dire que le vêtement sera renvoyé au stock. Comment? Non, ils ne plaisantent pas, leur règlement logistic ne prévoit aucun changement d'adresse, non, renvoyé signifie toujours remboursement du client, c'est la règle.

Ah bon, remboursement alors. Bien sûr la dame au téléphone ne dispose pas de pouvoir décisionair, elle ne suit que les ordres.

Bien sûr que le modèle commandé n'est plus disponible pour une nouvelle commande, bien sûr les soldes sont terminés. L'établissement présente ses excuses, shit happens.

Résumé: presque trois semaines en stress, presque aucune possibilité de joindre le service clientèle, soit par téléphone, soit par mail, des réponses pas claires, pas de veste, mais remboursement promis - quand?

Bien entendu que nous étions décidés d'acheter français, une marque de réputation internationale.

Pour nos prochains achats on nous a généreusement offert par mail un bon de réduction de € 10,-, valable jusqu'en mars, pour nous calmer. La vie est belle, mais un hiver en Provence sans veste chaude?

à suivre:

Le 1er février au soir un mail m'informe, que le colis sera disponible au relais (qui était signalé comme fermé). Le 2. février je suis allé le chercher sans problèmes. La patronne, une maghrébine charmante aux yeux enfiévrés et au parfum inhabituel a joué l'étonnée; d'après elle jamais le relais n'a été fermé.

De suite j'ai présenté mes remerciements au distributeur qui a répondu qu'il était enfin content.

Cherchez la femme

Maurice ne va pas bien, Maurice ne va pas bien du tout.

Maurice a vécu en concubinage pendant plus de douze ans avec une amie, une compagne.

Ils ont deux enfants, une fille de sept ans et un fils de cinq ans.

Sa copine l'a quitté, elle n'a plus voulu vivre avec Maurice. Elle a ses raisons. Elle ne désire plus jamais partager son lit ni sa table avec Maurice et elle ne désire pas non plus vivre sous un toit avec Maurice, ni dans un appartement, ni dans une maison.

Et : elle va garder les enfants, Maurice n'a le droit de les voir que deux week-ends par mois.

Ainsi en a décidé le juge.

Faut trouver des solutions, dit-il, et qu'il n'a pas envie de rester sur un camping dans un petit mobile home. Et pendant un apéro à l'ombre de sa baraque il ajoute que vivre ensemble aide à trouver des solutions aux problèmes qu'on n'aurait pas si l'on était seul.

Maurice n'a pas encore perdu son regard sarcastique sur le monde.

Il a du travail assez bien payé, une voiture et une moto, quand même.

Et de temps en temps il fréquente les fêtes de la région pour se mettre à l'aise.

Pourquoi pas.

Un jour, c'était une fête votive aux environs du Pont Du Gard, il a rencontré son âme sœur, il raconte, et elle était tellement belle et charmante, mince, aux yeux bleus, les cheveux châtaigne clair et – un sourire aux dents blanches et un tout petit peu désordonnés.

Elle lui a donné son nom, Rose, mais pas son portable, ni son adresse. Soit la musique était trop fort, soit elle a rencontré quelqu'un – tout à coup elle a disparue.

Retrouver Rose dans une foule de plus de 300 personnes – mission presque impossible.

Mais Maurice a toujours trouvé des possibilités. Sa devise : Il n'y a pas de problèmes, il n'y a que des solutions.

Alors, il a contacté la mairie pour la retrouver. La seule Rose dans le village a 68 ans. Ça n'était pas elle.

Systématiquement il a fouillé l'annuaire. Jusqu'aujourd'hui il a téléphoné à 37 Roses. Pas de chance. Soit un mari propose de lui casser la gueule, soit une fille lui explique au téléphone, que la Rose recherchée n'est pas sa mère pas du tout : mais maman n'a pas les yeux bleus, les yeux de maman sont marron noir !

Raté encore, punaise, mince.

Mais Maurice reste patient et courageux et surtout convaincu de sa propre créativité.

Actuellement il ne cherche pas seulement Rose, il cherche aussi un appartement, assez grand pour accueillir ses deux enfants deux week-ends par mois.

Il a préparé des petites affiches : A la recherche désespérée de Rose, il va en coller une trentaine aux murs du village.

Pas facile la vie, mais chacun a ses raisons. Nous lui souhaitons bonne chance. Il nous a honnêtement promis de nous tenir au courant.

Qu'il trouve un appartement ce ne serait déjà pas mal.

Voyage, voyage

Ceux qui ont fait de beaux voyages savent souvent raconter des choses étranges et amusantes.

Déjà les différents hôtels dans différents pays dans les villes et villages et les voyageurs qui y résident donnent matière à des volumes d'anecdotes.

Plus qu'on a voyagé, plus on a vu, plus on développe des habitudes particulières de confort personnel dans un hôtel : prix justifié, calme, la propreté, état des matelas, accueil, situation géographique etc. etc.

Un de ces jours, après une nuit presque sans sommeil à cause du chant merveilleux d'un rossignol dans l'arbre juste devant la fenêtre, nous avons repris la route vers le calme d'un établissement en montagne. Comme il faisait frais, la patronne avait allumé le chauffage dans notre chambre.

Après avoir déposé nos sacs de voyage et tout en admirant la vue vers les montagnes, un petit bruit bizarre, comme si l'eau bouillait dans le chauffage, était à remarquer.

Désolé, madame, mais avec un bruit pareil nous n'arrivons pas à dormir. Soit vous réglez la pression du chauffage, soit nous changeons de chambre.

Madame était désolée. Jamais le chauffage n'avait produit une telle musique dans son hôtel, croyez-moi : jamais, et elle collait l'oreille à l'appareil, tournait le bouton, frappait aux tuyaux. Pas le moindre effet.

Elle haussait les épaules, hochait tristement la tête et s'apprêtait à nous montrer une autre chambre.

Je pris mon sac de voyage. Tout à coup la tonalité du bruit changeait.

Je reposai le sac, et c'était à nouveau le bruit du chauffage.

Deux, trois fois cet exercice, toujours accompagné d'un changement du bruit mystérieux.

Assez énervé j'ouvris enfin le sac, et voilà, le bruit augmentait.

Je fouillai le sac pour trouver une explication.
Oui, la brosse à dents électrique s'était mis en marche et tournait follement avec ce bruit étrange. Stop ! Et le calme fût.
Notre amusement était grand, nos éclats de rire aussi.
La patronne soulagée était contente.
Et nous avons prolongé notre séjour avec plaisir.

A whiter shade of pale

On sait bien, qu'il peut s'agir de faiblesse de caractère, mais, hélas, on est attaché à ses habitudes. Prenons Hans, depuis sa jeunesse il déteste les mouchoirs en papier et refuse de s'en servir. Il se déclare membre fidèle de la société des porteurs de mouchoirs blancs en tissu, blanc uni, bien entendu, et de préférence bien repassés comme il faut.

Pas facile aujourd'hui d'en trouver en boutique, peut-être des mouchoirs colorés, mais Hans résiste, il veut du blanc. De temps en temps et plutôt par hasard il trouve une mercerie à l'ancienne, tenue par des dames élégamment âgées qui, avec un fin sourire lui proposent d'acheter un précieux paquet de trois mouchoirs au prix fort.

Monsieur souhaite qu'on brode son monogramme?

Non, merci, Hans se dépanne avec son stock déjà assez usé et demande un cadeau de noël à sa maîtresse actuelle.

Un jour pendant ses flâneries Hans tomba sur une sorte de halle assez pourrie où l'on vendait du bric à brac et des surplus militaires. Et voilà – il y trouva une quantité énorme

des mouchoirs et aussi de serviettes de table, semblablement blanc d'origine, du bon matériel, mais assez jauni par le temps.

C'est du surplus de la légion étrangère, pas cher, murmurait le propriétaire, si vous prenez trois douzaines, je peux vous faire un prix de cousin.

Hans n'hésita pas une seconde.

Arrivé chez lui, il lava son trésor, le repassa soigneusement et rangea ses mouchoirs blancs dans son armoire.

Qu'on ne dise pas que la guerre n'est pas la mère de toutes choses. Et puis, un mouchoir blanc pourrait servir aux combattants comme signal pour l'adieu aux armes.

Le coquelicot aussi est une belle fleur

Madrid, Madrid - j'adore la capitale espagnole, son architecture, ses musées, l'ambiance...mais il faut faire bien attention au temps pour y aller: neuf mois d'hiver, trois mois d'enfer. S' il fait trop chaud, on peut fréquenter un musée, par exemple le très jolie centro de arte Reina Sofia, qui est construit autour d'une grande cour ombragée avec quelques fontaines.

Nous y sommes allés pour admirer les célèbres tableaux ; en sortant du métro, quelques jeunes femmes habillées tout en blanc se sont adressées aux voyageurs et, avec un sourire charmant ont offert un coquelicot artificiel; un parfum discret les accompagnait. Cette odeur se renforçait en se rapprochant de la cour du musée où enfin se produisaient des sensations visuelles et olfactives: sur environ 100 m², la cour était garnie par des dizaines de milliers de coquelicots en plastique, une mer éclatante de fleurs rouges.

Pour compléter ce choc optique, un parfum très dominant à couper la respiration flottait dans la cour; coups et blessures involontaires, violation de l'environnement, mais bien réussi comme publicité inattendue et troublante pour ce nouveau parfum de la marque Kenzo, dont le flacon et l'emballage présentent un coquelicot.

Mais l'odeur était trop forte, l'ambiance était imbibée de cette puanteur ; pas mal de gens avaient mis un mouchoir pour se protéger , personne n'a voulu acheter . L'effet public fut à l'inverse, les gens ont détesté.

Jusqu'à aujourd'hui moi, qui adore les parfums discrets, je ne supporte plus l'odeur de Kenzo, cela me donne envie de vomir et de fuir.

En général, les professionnels de la publicité, pour lancer une campagne réussie, suivent l'ordre fondamental AIDA:
- Attention, Information, Désir, Action.
Cette fois aussi, mais l'effet choisi fut aussi inattendu que désolant.

coup de foudre

Un jour notre agent d'assurances est venu nous voir pour vérifier nos contrats; il disposait de temps - sa femme était partie avec les enfants pour rendre visite aux grand parents.

Moi aussi j'étais seul; mon épouse réglait ses affaires à Berlin. Sans en être conscient, ce soir-là nous avons créé ce qu'on appela des années plus tard dans les cercles aisés un apéritif dînatoire: vers 17 h un petit rouge, accompagné par quelques pistaches, puis du pâté, puis de l'anchoïade, de la tapenade, de la charcuterie, du fromage etc... et une autre bouteille, bien sûr, plus tard, la nuit presque tombée, en test aveugle. Je fus profondément impressionné par la connaissance et le goût élaboré de notre agent concernant la provenance de mon rouge, je l'avoue - sélectionne soigneusement: il arrivait à localiser un côte du Rhône, la région presque au kilomètre précis, même le château.

La conversation fût agréable: notre belle vie d' hommes... l'art, la littérature, la musique, bien sûr les femmes: voilà un homme cultivé.

Comme je suis curieux, souvent très curieux, à la limite de la politesse, j'ose poser des questions inattendues. Pour notre agent la question était de savoir d'où venait son nom de famille pas trop français.

Vous avez raison, commença-t-il, vous avez totalement raison, mon nom de famille est vraiment english, mon père était anglais, ma mère est française.

En levant son verre de rouge il regarda les étoiles de cette nuit d'été et me raconta l'histoire qui s'était déroulée pendant une nuit estivale dans un petit port méditerranéen il y a trente-cinq ans: plusieurs bateaux étaient fixés l'un à l'autre comme des paquets et liés par des planches, la place dans le port était très limitée. Sur le dernier bateau on célébrait une belle fête dansante à la française, valse musette, accordéon, champagne.

Vers minuit la fête s'achevait, les premiers danseurs regagnaient l'asphalte du port en titubant sur les planches, quand tout a coup un nuage de chiffon et de parfum glissa d'une planche et tomba comme une plume directement dans les bras d'un officier marin anglais, qui terminait son scotch nightcap.

Oui, sourit-il, justement, elle allait devenir ma mère.

Le reste, ajouta-il, le reste de cette histoire, je vous le raconterais une autre nuit, et il ramassa ses papiers, évidemment contrat signé, et me serra la main avec un good bye poli, court, sec et so very british.

Le Crédit Lyonnais

Voilà presque 25 ans que Hans passe la plupart de son temps dans la douce France.
Un amour qui date déjà de son adolescence, adressé surtout mais pas exclusivement aux objets roulants d'une époque française glorieuse : la déesse, le vélo solex et la CV et les jeunes dames ravissantes qui les conduisent jupes au vent.
Pendant longtemps après avoir quitté la chère belle 2CV de ses années étudiantes il demeure habité par le rêve d'en avoir une autre.
De temps en temps le soleil brille sur les rêveurs et quelques désirs s'exaucent.
Et comme ça un jour Hans trouva dans la feuille de chou local une petite annonce : « 2 CV, t.b.e., année 1985, Tél. :... ») .
Mais pour la réalisation de certains vœux il vaut mieux rester méfiant et patient, et c'est pourquoi Hans laissa passer une semaine pour bien vérifier que l'objet de ses désirs était toujours disponible.
Le chance était de son côté.
Alors, téléphoner, se rencontrer, avoir le coup de foudre pour la magnifique 2CV, accepter de ne pas marchander son prix de € 3500,- donné un chèque de garantie au vendeur – un petit espagnol rond et affable qui donnait l'impression de venir de l'autre côté de la méditerranée, il reprit le chemin pour descendre des Cévennes à Uzès.
Là bas à la banque (dont il était fidèle client depuis plus de 20 ans) on lui expliquait que pour retirer une somme plus importante que € 1500,- il fallait obligatoirement réserver au moins 72 heures à l'avance, sans compter les samedis, les dimanches, les jours de fête, les lundis, jour de congé des banques d'Uzès et les jours de congé de la maison mère.
Pour transférer de l'argent dans la zone euro il fallait 8 à 10 jours pour passer les frontières.

Hans s'adressa au caissier, qui le connaissait depuis une éternité.
« Désolé, veuillez-vous adresser à votre conseillère, s'il vous plaît ».
Hans fit comme recommandé.

La belle jeune conseillère lui expliqua qu'il fallait prendre rendez-vous, la semaine suivante, le jeudi à 14.30h .

« Non ! » répondit Hans, « non. Il me faut mon argent maintenant ! »
« Désolée, Monsieur, je ne peux rien faire pour vous. Veuillez contacter monsieur le directeur. »

Monsieur le directeur résidait au premier, Hans y monta, mais le responsable n'était pas là, et son remplaçant, lui non plus, pouvait rien faire pour Hans.

Entre temps Hans avait demandé à sa banque dans sa ville natale d'envoyer un fax à Uzès pour prouver qu'un transfert arrivait.

Pas de chance non plus. »Mais l'argent n'est pas sur votre compte, monsieur ! « était le commentaire sec.

Bon, comme étranger qui parle un français pitoyable avec l'accent d'un pays lointain on s'accoutume à être mal compris, mais ça fait mal d'être pris pour un débile, un humble quémandeur qui fait la manche et demande des faveurs.

Hans, qui connaissait la vie prit la chaise que monsieur le remplaçant ne lui avait pas offerte. Non, celui-ci ne pouvait rien faire pour lui non plus, au revoir.

En quittant l'établissement Hans ouvrit encore la porte vitrée du bureau de la conseillère. »Permettez-moi de vous parler de mon grand-père qui était boulanger » il chuchota les yeux demi-fermés, « suivant Voltaire sa devise à lui était 'ce n'est pas ne pas pouvoir, c'est : ne pas vouloir ! Sachez, Madame, que le président de la chambre de commerce à Paris lui aussi est d'avis que les banques feraient mieux de comprendre que leurs clients ne sont pas des ennemis et serviteurs mais des partenaires ! »

Merd-éé ! Arrivé chez lui et trempé d'une sainte colère, Hans appela la maison mère de 'sa' banque à Paris.

Après avoir tapé plusieurs chiffres pour obtenir le bon interlocuteur on lui promit poliment de s'occuper de son affaire.

« Vous souhaitez quelle sorte de coupures, monsieur ? » « Jamais des billets de 500 euros, svp» répondit Hans.

Deux jours plus tard à la banque il recevra son argent. En billets de 500 et de 100 euros.

Les jeux sont faits. La belle 2cv est payée, la carte grise est changée, l'assurance pareillement.

Un bel été sous le ciel bleu du sud, innocent et sans soucis peut commencer.

Faut pas s'enrager – lotta continua.

Les pièges de la langue

À partir d'un certain âge la Sécu te propose des examines et des analyses de ton état de santé, des prises de sang, des dépistages, bref, de la prévention. Et, comme tu souffres déjà, hélas, de certaines irritations , un rhume, une petite gastro ou d' autres choses désagréables, tu prends rendez-vous chez ton toubib.

Celui-ci, comme d'habitude, te conseille d'arrêter de fumer, de boire ton rouge avec modération, de pratiquer du sport et de manger au moins cinq fruits et légumes par jour, et, en souriant, il te passe une ordonnance pour le laboratoire pour une analyse de sels. Je n'ai pas lu son ordonnance.

Pourquoi pas. Oublié pendant quelques semaines, un jour quand même tu passes au laboratoire, sans vraiment savoir comment ça va se passer, une analyse de sels. Ton toubib doit le savoir. Enfin peut-être la goutte, qui sait?

L'assistante te passe trois petites boîtes et, elle aussi avec le sourire, t'explique qu'il faut les utiliser pendant trois jours, chaque matin. Dans les boîtes il y a des petites spatules, qui claquent. Alors, de l'urine chaque matin, et bien la remuer avec l'aide des spatules, ou quoi?

J'ai déposé les boîtes dans la sdb et les ai oublié. Un jour ma chère épouse a eu marre de les voir et m'a demandé à quoi elles vont servir. Elle m'a demandé l'ordonnance. En éclatant d'un rire fou, elle m'a dit: pas de boîtes, pas de sel! et m'a forcé de décrypter soigneusement l'ordonnance du toubib.

Oui, analyses de selles, mais bien sûr, de selles, de caca!

Bon Dieu, alors chaque matin à la selle, prendre un spatule et entreposer les matières dans l'une de ces boîtes.

Pourquoi pas, si ça sert à trouver la vérité, n'importe laquelle.

Un seul essai infructueux m'a convaincu que le modèle quotidien de WC français ne permet pas du tout des telles manipulations. L'objet s'échappe à jamais, pas de chance.

Je vais suivre les conseils de mon cher docteur: vivre raisonnablement et manger sans sel.

Oui, ça ira, ça ira...

Un jour notre facteur a rempli la boîte aux lettres avec 16 (seize) enveloppes du même expéditeur, en blanc, avec le sigle bien connu, mais – destinées à notre adresse qui n'est plus valable depuis plus d'un an.

Heureusement notre facteur est un homme aimable, gentil et créatif: l'ordre de faire suivre notre courrier à la nouvelle adresse (à 100 m de l'ancienne!) a été renouvelé deux fois mais il n'était plus valable; il s'est décidé de déposer les seize lettres dans la boîte de la rue des mazes, notre nouvelle adresse, et plus jamais dans cela de la rue de la chicane de notre maison vendue - il sait que nous y résidons plus, bravo.

Courte répétition de l'histoire: Après avoir vendu la maison dans la rue de la chicane, il nous restait une petite demeure pour les amis et à louer pendant l'été aux vacanciers, bien sûre alimentée de l'eau et de l'EdF. Nous avons décidé de retaper cette petite maison, studio-terrasse, garage et petit jardin à nos besoins. Cette fois-ci pas par nos propres forces, mais par un architecte, mais c'est une autre affaire. Pour le temps de la restauration, changement du garage en cuisine, remontage d'une étage, nous avons loué un appartement dans une résidence à Uzès, c'est à dire, la petite maison n'était pas habitée pendant un an. Certainement les travaux ont duré plus longtemps que prévu. Le compteur EDF restait branché.

Alors, il fallait régler deux différentes alimentations, celle de la résidence et celle de la petite maison inhabité. Bon, l'EdF aime régler les affaires par prélèvement bancaire à la base des estimations, pourquoi pas.

La petite maison prête pour l'emménagement nous avons resilié notre contrat à Uzès. Le propriétaire a vérifié les heures pleines et les heures creuses de notre consommation la bas. Malheureusement il n'a pas eu ses lunettes et s'est trompé. Bref, l'EdF nous a chiffré €

480,- pour deux mois en plein été, en annonçant le prélèvement. Mes coups de téléphone avec l'EdF, je n'aime pas les raconter, l'horreur pure, avant de tomber sur un conseiller patient et calme, qui ma clairement expliqué qu'il faut surtout pas se rendre par lettre au service clientèle de l'EdF si l'on n'accepte pas la facture, qu'il serait beaucoup mieux de résilier de suite les permis de prélever à sa banque. Bon conseil, nous l'avons suivi. Pareil pour les sommes estimatives de la consommation fictive de la petite maison.

L'effet fut impressionnant. 15 factures annulées pour la petite maison (à l'ancienne adresse, grâce à notre facteur arrivés quand même chez nous) et l'information que l'EdF nous doit la minable somme de 580,- euros.C'est la limite de la perversité qu'on éclate de joie si l'on reçoit ses propres sous, sans intérêts. Concernant la 16. lettre, l'EdF nous a écrit que si nous réglerions pas la somme pour la consommation exagérée dans l'appartement, on va nous poursuivre juridiquement.

La gentille employée à notre banque nous a souri avec malice en disant: sachez, que vous n'êtes pas les seuls...

Alors, un dernier appel à l'EdF et il fallait suivre leurs ordres: envoyer une lettre avec la consommation réaliste et vérifiée, une copie de leur facture astronomique et une preuve que nous n'y habitent plus. Nous l'avons envoyée par lettre recommandée avec accusé de réception, on ne sait jamais.

Entreprenons un essai d'une statistique: on arrive à des sommes gigantesques pas justifiées et collectées quand même par l'EDF.

Ceux qui ne luttent pas ont déjà perdu. Les prochaines factures seront réglées de notre part exclusivement par TIP.

L'évolution positive se poursuit

Pour aller à Nîmes nous prenons EDGARD, à Avignon et à Alès pareil, souvent à Arles aussi.

Pas de problèmes à trouver un parking, pas de frais exorbitants en achetant par carnet, le billet ne coûte que € 1.30: une solution convenant, écolo et sympa.

Récemment, un jeudi, nous étions déjà montés dans le car, départ pour Uzès prévu 16.45h, une jeune femme s'approche du chauffeur et lui demande de bien vouloir attendre quelques instants, sa mère et son père handicapé étaient en train de venir prendre le bus.

Alors, le chauffeur sourit et attend.

16.50h, Madame et Monsieur, accompagnés de leur petit chien et chargés des sacs, arrivent à petits, très petits pas, avec la canne.

Madame essaie de monter; elle a mal aux genoux, elle n'est pas mince; elle n'arrive pas à prendre l'accès, son petit chien reste à côté d'elle, elle l'essaie encore et encore une fois - pas de chance, elle glisse et- hélas - tombe sur le dos.

16.55, notre chauffeur quitte son volant, prend le chien, sort du véhicule, prend Madame sous les épaules et la manœuvre dans le car. Tout ça avec le sourire, mais en transpirant. Entre temps je garde le chien, qui heureusement reste tranquille. Le chauffeur guide madame vers un siège libre.

Puis Monsieur monte, petit à petit, pas à pas et s'installe. Leur fille suit.

Les jeunes à l'arrêt n'ont pas bougé; pas un coup de main, rien, ils fument: l'éducation nationale.

16.59, notre chauffeur transfère le chien de mes mains aux passagers montés, sèche son front, reprend le volant, démarre et se met en route, tout doucement, avec le sourire.

Le retard à Uzès était de deux minutes.

Pendant le voyage j'ai aperçu les petits panneaux fixés en haut à côté du chauffeur: l'autocar dispose de 57 sièges, 12 pour des passagers pas assises et - le transport des handicapés n'est pas prévu, le pictogramme d'une chaise roulante est effacé par une ligne diagonale. En descendant je l'ai remercié de son civisme et de son courage; j'ai même proposé qu'il soit décoré de la légion d'honneur.

Malheureusement je ne sais pas comment ça se passe; Monsieur le chauffeur n'est ni ministre, ni gros bonnet.

Éloge de la lenteur

Oui, j'avoue et je vous l'accorde volontiers, qu'il y a des moments où l'on se trouve tellement cafardeux, triste et incompris par le monde, et fatigué du pouvoir de la bêtise qu'on ne sait presque plus quoi faire de sa vie, dormir, dormir, peut-être rêver ou - lutter ?

C'était Lénine, qui, à l'époque, avait trouvé la formule classique : »A la question 'que faire ?' il n'y a qu'une seule réponse : faire quelque chose ! »

Alors, allons-y. Décapotons la 2 CV et prenons les départ-mentales du beau Gard, ciel bleu et lumière ensoleillée, pour retrouver la beauté.

Bien sûr, on trouve des coachs ou des thérapeutes qui demandent des fortunes pour te remettre en route et pour changer ton blues en chant de joie.

Vaut mieux choisir la méthode naturelle : aide toi- et le ciel t'aidera: l'auto- thérapie.

Une facette efficace de cette méthode c'est de regarder des touristes et des visiteurs fuyants de la pluie dans les musées et les églises: la comédie humaine fait sourire et oublier le stress : Les vêtements colorés des gens, leurs attitudes, leur bonne volonté.

Connais-tu leurs motivations, leurs problèmes, leurs raisons d'être ? Tant mieux. Un dernier salut au vieil ami, le pont du Gard qui malgré tout ne bouge pas depuis plus de 2000 ans et en route vers Uzès.

La chère deudeuche aime être traitée avec empathie, en douceur, alors, n'exagère pas trop, elle va te punir.

70 à 80 km par heure, ça suffit, ça suffit largement !

Et derrière toi tous les gens pressés qui aimeraient te doubler, mais, hélas, il y a la ligne blanche au milieu de la route…

Un de ces pilotes de course te double quand même, suivi par un autre chauffard sportif et courageux. Oui, arriver deux minutes plus tôt au rendez-vous ou à la bouffe, ça compte, c'est plus important qu'une vie qui vaille le coup. Tous les deux portaient un A rouge sur un fond rond et blanc comme adhésif à l'arrière de leurs voitures. Des jeunes anarchistes ?

A peine doublé, 200 mètres plus loin, un agent de la gendarmerie nationale jaillit d'un chemin. Il faisait des signes clairs : sortez de la route dans le chemin et arrêtez-vous ! La procédure qui suit est connue.

Mon idée de proposer une coopération à la gendarmerie sous un certain bonus, disons de 15% de l'amende, je pourrais faire la même promenade dix fois par jour pour eux, je l'ai laissé tomber de suite.

Les chiens aboient, la caravane passe. La pire des choses dans la vie c'est que chacun a ses raisons, Lénine aussi.

Une enfance étrange

L'âme humaine est comme l'abeille qui puise son miel même de l'amertume des fleurs, et plus tu deviens âgé, le plus clair et le plus profond tu te souviens de ton enfance, ta jeunesse et du bonheur de vivre.

Il y a des psychanalystes qui aiment plaisanter que 'chacun n'a pas eu la chance de passer une enfance malheureuse', où 'd'avoir eu une mère juive', mais ce sont des paroles désolantes, tristes, ou au moins pas trop rigolotes.

Né et grandi pendant une guerre, d'un père officier de n'importe quoi, avec la mère et la sœur mises en garde chez les grands-parents à la campagne, lui boulanger, elle une femme soumise, dans un village muni d'un hôpital pour des gens dérangés, mentalement malades, et tu maîtrises une enfance dominée par des femmes, un papy royaliste et des habitants borderline.

Comment s'enfuir ? La réalité, la vérité – c'était quoi ?

Faut bien s'échapper, faut bien apprendre la vie comme tu en rêves, faut participer !

Qu'est-ce qu'il faisait ton père, pendant cette guerre ? Où est-ce qu'il se trouve ?

On te donne les structures pour penser, pour analyser, pour planifier, pour vivre...que tu termines l'école, que tu passes le bac, et –, première surprise - inattendu et critiqué profondément par la famille, que tu refuses le service militaire par ta propre décision.

Le premier pas timide sans contrôle, sans aide, sans sécurité : la libération, à la recherche de l'identité.

Et puis l'Université, bien sûr qu'à Berlin, à l'époque déjà, l'endroit où vivaient ceux qui sont portés disparus du monde, qui n'arrivent guère à se faire comprendre ni à trouver de soutien.

Bien sûr, les années soixante, bien sûr la révolte et bien sûr, les amours fous.

97

Rappelle-toi, c'était quoi ? Une formation à vie, un jamais arrivé : les langues étrangères, les littératures, la psychologie, la politique, enfin une sorte de liberté, les jours de vin et de roses, les nuits pleines de danses et de tendresse sauvage, en cherchant l'amour vrai, accompagnées par Baudelaire, Nerval et une admiration profonde envers une France éternelle : o toi que j'eusse aimé, o toi qui le savait », convaincus que ça se n'arrêterait jamais.

Les grands voyages de jeunesse en moto et en stop, les plages et la mer, la première bagnole pourrie et sur le dos cette chimère de « responsabilité ». Personne n'arrivait à t'expliquer ce mot et sa signification, tu continues à jouer avec eux, les déserteurs et les damnés de la terre.

Quoi ? Dodo, métro, boulot ? Pardon ? Comment ? On se moquait de l'argent.

Entre-temps t'a appris comment il faut se déguiser et comment choisir et mentir sans mourir sans perdre conscience à la recherche de l'état de bonheur permanent.

C'est l'air que tu respires qu'ils te veulent, et le chant de l'hirondelle, le soleil et ta condition humaine.

Quelle maigre récompense, quel salaire ridicule et minable pour la galère quotidienne ! Mais ils s'en contentent ; les gens sont tous différents.

Et quand même il y a des jours où tout le monde chante en souvenir des pays où nous avons lutté et aimé et de ceux où nous avons vécu sans souci et que nous avons quittés sans tristesse, de toutes les filles que nous avons aimées, qui maintenant sont mariées et femmes au foyer : nous avons exigé beaucoup de l'autre sans jamais nous fatiguer, et si notre bonheur de temps en temps était assez douteux, il n'était jamais injuste.

La vie est belle, en la recherchant il faut y participer : à voir dans les séries - télé.

La lutte continua, personne n'est encore vaincu, personne ne se rend.

Qu'on reste méfiant, qu'on ne dorme pas.

Épicez vos fêtes

Tout le monde sait bien, que ça fait plaisir d'être appelé et salué par son nom dans le bistro et dans ses magasins préférés, cela donne un sentiment particulier de bienvenue et d'un accueil individuel.
Les bons commerçants connaissent et pratiquent ce rituel avec un sourire.
Ainsi la charmante épouse de mon boucher ; l' établissement bondé, elle m'annonce en m'appelant par nom, que la pintade commandée pour les fêtes soit prête.
Curieux et discrètement les autres clients tournent la tête et se demandent : « C'est qui, ce monsieur ? Doit-on le connaître ? »
Parti gagnée. Sympathique.
Et pour faire plaisir à Madame, je déclare à voix basse qu'il me faut encore un petit verre de raifort pour préparer une sauce à la crème au raifort, qui va accompagner mon entrée, une truite légèrement sautée.
Madame est vraiment désolée, non, du raifort, non, elle n'a pas.
Mais les yeux souriants elle me propose d'aller chercher mon raifort à 'l'épicerie fine' dans la rue parallèle, elle est convaincue, sûre et certaine qu'on en trouvera.
Sachez que j'avais déjà fréquenté en vain trois différents magasins en ville. Dans un local sur l'esplanade la vendeuse m'avait poliment demandé : »Raifort ? Raifort ? Ce n'est pas un fromage? »
Non, non, merci beaucoup.
Alors, déjà légèrement énervé, enfin vers 'l'épicerie fine'.
Une épicerie ? Plutôt un temple.
Bien climatisée, l'intérieur de chrome, de marbre et de bois précieux ; les produits discrètement arrangés aux étagères brillamment vitrées.
Je ne me souviens pas s'il n'y a pas eu la décente tonalité fine d'un concert de flûte traversière de Mozart qui   imprégnait l'établissement.

La patronne était occupée, son employée de même.

Deux ou trois dames du gratin bourgeois de la ville se promenaient et examinaient avec cette ennui inspiré du cinéma ou de la télé l'un ou l'autre produit en demandant à la chef, s'il n'y n'avait pas le thé 'first flush' à la bergamote, mais pas de la république populaire de chine, surtout pas, que thaïlandais, s'il vous plaît, vous comprenez.

Comme il fait bientôt Noël et si l'on réfléchit bien, le Christ est le seul anarchiste qui ait vraiment réussi.

Après une certaine attente je m'approchais Madame la patronne d' une extrême courtoisie   je lui demandai pardon d'interrompre sa conversation avec sa cliente et je demandai si elle était fournie en raifort.

Visiblement étonnée et dérangée Madame plissait le front et ordonnait à son employée de bien vouloir vérifier dans la vitrine froide s'il en restait.

La vendeuse sortait délicatement un petit verre de raifort et le passait en humble servante à Madame derrière la caisse.

Celle-ci achevait sa conversation, examinait le petit verre, me jetait un coup d'œil suspicieux et prononçait : »Six euros, Monsieur. »

Je prit le verre en main, 80g de raifort, remarquai qu'il n'y avait pas d'étiquette de prix et, fondamentalement surpris, j'arrivais néanmoins à prononcer d'une voix claire, décidée et sonore : »Pardon ?! » et en élevant le ton plus fort : « Vous plaisantez, Madame ! »

« Bien, Monsieur, vous allez trouver votre raifort sans doute chez d'autres commerçants… »

Bien sûr que non, et si l'on souhaite faire plaisir aux amis pour le repas de Noël, hélas, il n'y a pas d'autre solution, il faut s'incliner.

Mea culpa, mea maxima culpa.

Avant c'était la Gauche caviar, maintenant c'est la Droite cassoulet : beaucoup de petits flageolets dans la sauce et quelques petits saucissons.

...et puis la morale

Elle est mince, en général bien lunée et douée pour pester et surtout pour émettre des citations en plusieurs langues.

De plus elle aime beaucoup chanter, spécialement le refrain d'une chanson de Michel Jernaz. C'est parce qu'elle, du Nord, s'est enfin établie dans la région : « Pour une vie qui vaille le coup, changez tout, changez tout, changez tout. »

Et surtout elle adore le beau subjonctif « vaille ».

Actuellement elle est en train d'étudier soigneusement la médecine chinoise et elle est convaincue que de « ce que tu sens tu peux guérir ! » Pour elle de toute façon la Provence est la région magique, il faut simplement ouvrir grand les yeux.

Et avec son humour très personnel elle ajoute qu'il vaut mieux réfléchir 14 jours que d'être exploité toute une vie !

G. alors avait réfléchi longuement à la meilleure manière de mettre cette idée à meilleure manière au pratique.

Très longtemps avant que les professionnels de suisse et d'ailleurs n'aient pris l'affaire en mains, elle était convaincue que faire du vélo dans le sud de la France était une idée géniale.

Pas chaque jour, non, pas toujours plus loin, mais partir du village en forme d'étoile, vers le pont du Gard, vers le Rhône, peut-être jusqu'en Camargue – mais de retour pour la bouffe du soir et dodo.

Ayant choisi des routes adaptées à la condition de chacun, elle avait engagé un gars du village qui devrait attendre les cyclistes étonnés en 2CV avec des grillades et un rosé léger à midi dans les bons coins et peut-être aussi les dépanner.

Le plus important : elle était parvenue à acheter 8 VTT dans un hypermarché (made in Malaysia) en offre spéciale assez bon marché.

En tout elle a réalisé trois séjours cyclistes d'une semaine. Son organisation était parfaite, ainsi que sa bonne volonté, mais – les VTT ! Toujours il y avait une pièce défectueuse, surtout les pneus à bas prix.

De plus, chaque troisième journée G. n'avait plus l'envie ni la force de supporter le dynamisme sportif de groupe.

Mais, hélas, sans elle personne ne voulait démarrer le matin.

Ainsi ce projet aussi s'était effondré à la fin de l'été. Mais malgré des pertes énormes G. était toujours pleine d'entrain pour ses plans.

A partir de l'automne elle va offrir un séminaire « la manière de couper des oignons en France du sud ».

Son sous-titre personnel : »Les recettes de base de la cuisine provençale pour des assistantes sociales de faible personnalité ».

« Mieux vaut tard que jamais », elle sourit futée, « cela va faire plaisir aux gens pour une semaine ! Les mercredis Ali va préparer un méchoui, je payerai le pinard…

Quoi qu'il en soit – il y a aussi des cours de poterie, de peinture de soie, d'aquarelle etc. ! »

Mais Claude laisse à penser qu'il y aura peut-être aussi des problèmes.

« Pourquoi ? Lesquels qui donc ? »

« Alors, enfin », sourit-il plein de charme, « les gens de ton séminaire, ne seront-ils pas obligés de manger ce qu'ils auront préparé ?! »

Nos étés beaucoup trop courts

C'était cet été où des choses bizarres se déroulaient. Primo, il ne faisait pas vraiment chaud, notre plage préférée un jour fut polluée « organiquement » selon la gendarmerie, qui interdit strictement de se baigner ce qui veut dire que la méditerranée entre La Grande Motte et Le Canon était pleine de merde.
Pas trop amusant.
Et on s'aperçoit qu'il y a d'autres trucs encore moins amusants. Y a t il un rapport ? : Les rouleaux de papier toilette tout à coup furent moins larges mais plus cher, le papier essuie-tout idem.
Comment est ce qu'on appelle cela ? Capitalisme ? Mondialisation ? Arnaque ?
Secundo, à part de ça il y a les spécialistes de l'humour qu'ils t'offrent une clope en te montrant le paquet : « fumer tue «. Selon eux cela veut dire : »est ce que tu fumes ? »
A croquer.
Et puis, troisièmement, ceux qui possèdent des résidences secondaires ; mais pas pour eux-mêmes, non, seulement pour les louer aux vacanciers des quatre coins du monde et – bien sûr – ramasser des sous.
(La vie est devenue tellement chère qu'un de ces locataires est rentré chez lui en subtilisant discrètement un paquet de sacs à poubelle et un grand paquet de rouleaux de papier toilette.)
De temps en temps une maison de location demande un peu d'entretien, et de temps en temps il arrive que l'électroménager tombe en panne. (La loi de série veut que les appareils tombent successivement en panne si on les a acheté à la même période).
Voilà, le propriétaire en difficulté appelle de loin le voisin qui dépanne.
Cet été-ci trois fois.
    1. Les locataires ne captent pas bien les chaînes télé. Le voisin

appelle le service rapide dépannage télé. A régler de suite en espèces.

2. La machine à vaisselle est défectueuse ; quand on la met en marche le fusible saute. (Le propriétaire le sait, mais il n'a pas informé ses locataires). Le voisin engage un électricien qui ne trouve pas le défaut. Il demande le service après vente, un autre technicien arrive et répare, deux jours plus tard même problème. Le technicien repasse encore une fois, déclare que le moteur doit être changé (toute la musique pour une marque renommée sous garantie !). Après sept (7) semaines d'attente le propriétaire perd patience et demande à son voisin de bien vouloir acheter une machine à vaisselle neuve. Le voisin fait ainsi. Un autre fournisseur vient de suite l'installer. Deux jours plus tard l'ancien technicien annonce l'arrivé du moteur. Les locataires lui ouvrent sans suspicion la maison et monsieur emporte la nouvelle machine. La machine défectueuse était au garage. Au dernier moment, appelé en route, le technicien comprend. Il revient donc ré-installe la machine neuve et emporte la défectueuse pour changer le moteur. Mais, hélas, il manque une pièce détachée. La machine sous garantie reste depuis dans son atelier. Du cinéma.

3. Dernière étape : le frigo ne marche plus, ainsi le congélateur. Le voisin téléphone au nouveau fournisseur/technicien. Celui-ci arrive le lendemain matin, recharge du gaz et tout va très bien.

Qui parle de bonnes vacances ? Un coup de main entre voisins, jamais de problème.

Peut-être que cette maison est maintenant à vendre ?

L'étranger n'est étrange que dans un pays étrange

Il y a des jours où même la douce France, le pays de la gentillesse, de sourires et de la courtoisie peut se présenter inattendu et étrange.

Comme dit le proverbe, il est fortement recommandé de se comporter comme un citoyen romain, si l'on réside à Rome.

Voilà, faisons ainsi en France.

Primo : que l'on arrive à se faire comprendre, à s'exprimer poliment et clairement, secundo : Qu'on reste poli, qu'on ne crie pas.

Prenons cette journée ensoleillée de décembre. Nous nous étions décidés à nous déplacer à Avignon pour quelques achats de Noël.

Bien sûr que nous prenons l'autocar pour des raisons écolos, bien sûr le fameux EDGARD, pour € 1,30 par personne.

Mais par des raisons inconnues EDGARD n'arrive pas à Uzès. À l'arrêt il y a une information : « Pour toute autre question renseignez-vous à l'Internet ».

Bonne idée, mais ni nous ni la dame avec sa valise qui aimait prendre le TGV d'Avignon sont équipés d'un ordinateur portable…

Alors, comme il n'y a pas de problèmes, que de solutions –il faut sourire et changer d'idée. Nous avons donc pris EDGARD pour aller à Alès.

L'après-midi, retour d'Alès. Il nous fallait déposer nos courriers pour les fêtes, déjà bien timbrés, et acheter quelques cartes au guichet boutique à la Poste d'Uzès.

Madame l'employée regarde les gens dans la queue et en même temps réalise le calcul sur son ordinateur.

Elle se trompe de € 10,- . Nous réclamons.

Puis je lui passe une lettre et demande l'envoi recommandé. Madame sort le formulaire nécessaire, me regarde bien consternée en disant :

« Ça ne va pas ! L'enveloppe est trop petite ! »
Il s'agissait d'une enveloppe standardisée pour envoyer un TIP ou un chèque. Elle ne veut pas plier le formulaire et le coller à l'enveloppe. Non, ça ne va pas.
Puis mon épouse lui passe nos lettres timbrées pour qu'elle les mette en envoi.
Visiblement ennuyée, Madame prend le paquet entre deux doigts, l'examine et dit : « Ça ne vas pas. »
Mais pourquoi ?
« Les timbres que vous avez prises ne sont valable qu'en France ! », sourit-elle malicieusement, « regardez donc, c'est marqué sur les timbres :'France' ! »
Ma femme pâlit. Elle avait collé les valeurs pour une lettre en France et en avait ajouté les valeurs qu'il faut, pour les envoyer dans différents pays d'Europe. « Mais Madame... », recommençait-elle, mais la postière avait déjà repoussé les lettres en ordonnant qu'on les timbre correctement et s'occupait du client suivant.
Mal, très mal ni à comprendre ni à supporter.
Bien sûr que nous avons déposé nos lettres dans la boîte à l'extérieur de la Poste.
Que l'on apprenne à rire sans pleurer.
Une demi heure plus tard c'était le rendez-vous chez mon dentiste.
Pour mon assureur il me faut deux factures, une du laboratoire dentaire, l'autre concernant les honoraires du dentiste.
Sa charmante assistante hochait nerveusement une épaule, me sourit et m'informait d'une manière décidée : « ça ne se fait pas en France, non, pas chez nous. »
Pas de chance. Gardons le sourire !
Le soir à l'église dans 'notre' village un compositeur guitariste se présentait. Il n'y a eu que sept auditeurs, hélas.
Pendant son concert l'éclairage et le chauffage ont été coupés quatre fois. Il a continué quand même.

Soit qu'il dispose de bonnes relations en haut lieux, soit qu'il voulait nous donner la preuve qu' 'impossible' n'est pas français, qu'on arrive toujours à trouver des solutions.

En me souriant chaleureusement, ma chère épouse m'avait embrassé.

« J'adore fortement, si les choses se passent bien » et pour terminer cette journée chargée, nous avons pris un apéro au bistrot en face. Je lui serre la main, et je lui chuchote : » Personne n'est plus redoutable que celui qui n'a jamais de doutes ».

Vive l'Europe II

C'est la bureaucratie qui donne l'égalité aux gens de n'importe quel pays du monde entier, spécialement en Europe: le pouvoir sans transparence, sans participation démocratique et sans contrôle efficace, des organismes monstrueux à la limite de la légitimité et - surtout - dans leurs agissements difficile à comprendre pour les citoyens. Vaut mieux éviter la discussion et la confrontation envers les appareils administratifs. On ne s'en sortira pas, on ne gagnera pas, on ne s'en sortira pas du système.

C'est comme un jeu - tu ne veux pas assister au jeu, mais on t'y force; tu ne peux pas gagner, tu ne peux pas perdre, tu ne peux pas quitter le jeu. Comme récompense on te met sous la garde de la loi, la police, la gendarmerie, et pour cela tu payes même tes impôts.

Attention: si tu refuses, tu seras puni; leur jeu n'est pas un amusement.

Prenons un exemple:

Ta voiture est immatriculée en Allemagne, tu habite une petite résidence secondaire en France. Comme dans chaque pays civilisé t'es obligé de passer le CT pour ta bagnole tous les deux ans - bien sûr que tu payes tes impôts et l'assurance en Allemagne. Alors, il y a en France l'organisme qui s'appelle DEKRA, qui vérifie le CT. Tu passes les voir, ils t'expliquent qu'ils ne sont pas autorisés à faire le contrôle, ni à appliquer un tampon sur le pare-brise de ta voiture, non, il s'agit en ce cas là "d'un acte de souveraineté nationale". Alors, pour rester dans les règles, pour ne pas risquer d'être puni, tu es obligé de te déplacer avec ta voiture en Allemagne pour réaliser le CT, même si il s'agit de la DEKRA d'une organisation franco/allemande.

Après 700 km à la première station allemande derrière la frontière (DEKRA!), le technicien colle le tampon à la plaque arrière, - ta voiture bien sûr est en état impecc - le technicien te demande pourquoi tu ne passe pas le CT en France... ou, sinon, pourquoi tu ne l'immatricules pas en France.

Parce que. La loi allemande dit clairement que ta voiture doit être immatriculée obligatoirement au lieu du centre de ton existence, de ta vie principale. Si tu le ne fais pas, l'administration va te poursuivre pour fraude fiscale, parce que tu conduis en déhors de la légalité allemande. (En France on ne paye plus d'impôt pour les voitures).

Communication et frustration

C'est surtout pendant le repas du midi ou la sieste que le téléphone sonne, on peut en être sûr, et d'une voix féminine et charmante une dame demande ton nom en chantant : Madame… ? Monsieur… ? pour te proposer une étude de ta maison, l'installation des fenêtres en plastique ou une vente de n'importe quoi.

Pendant les années j'ai pris l'habitude de couper la parole de la belle en posant la question : « et vous – vous êtes qui ? »

En général ma question provoque un instant de silence sur la ligne, puis suivent des explications auxquelles je mets fin en ajoutant poliment, « Oui madame, c'est une bonne idée, je vous souhaite bon courage ! Veuillez ne plus jamais m'appeler pendant le repas ni pendant la sieste, s'il vous plaît, madame ! Je sais bien que vous faites un dur travail, mais en fait je n'ai pas besoin de vos offres », et je raccroche.

Si, par contre, on essaye de se mettre en communication avec un service, disons la Télécom, l'EdF ou le service des eaux – il faut patienter et suivre les instructions d'une voix plutôt dépersonnalisée : tapez 1, tapez 2, tapez 3. Peut-être qu'on va réussir à trouver le bon conseil.

Mais qu'on n'essaie jamais de réserver des billets par téléphone ou par Internet pour la retransmission en direct d'un opéra de New York à la salle Kinépolis à Nîmes, ça ne passe pas.

Si on arrive à obtenir quelqu'un, la réponse stéréotypé ne doit pas vous surprendre : « La vente des billets commence à telle et telle date à 13.30h à la caisse ».

Bon alors, on y va, on se déplacera à Nîmes. Arrivé vers 14.30h un joli petit panneau fixé à la caisse vous signale : COMPLET.

Complet. J'avoue que ça me gonfle, que ça me gonfle énormément.

Calculons : Pendant une heure environ mille billets ont été vendus ? Pas possible, pas vrai.

Quoi que oui… Trois quarts déjà envoyés aux abonnés.

Et alors ? Pour la prochaine transmission musicale vaut mieux s'abonner, par Internet, bien sûr, par chèque en avance. Et que vous allez à Kinépolis au moins 40 minutes en avance, pour trouver un parking et pour être sûr d'un siège, parce qu'ils ne sont pas numérotés.

Que le meilleur gagne.

Pour retrouver mon équilibre, pour me poser de l'autre côté de la balance, j'ai décidé que maintenant c'est moi qui prendrais d'autres initiatives par téléphone.

J'ai pris l'habitude d'appeler les services consommateurs, les numéros Azur des différents produits et de me plaindre : de l'eau minérale, parce qu'ils ont inconfortablement minimalisé le bouchon ; du chocolat, parce qu'il est oxydé gris, de la bombe antimouche, parce que le produit me semble trop cher et pas écologique, du pastis, parce qu'il sent le savon etc. etc.

Une faible satisfaction, simple, bon marché et quand même efficace : De temps en temps on m'envoie des excuses accompagnées du produit réclamé.

La garde meurt mais ne se rend pas.

Nos étés trop courts

Heureux, qui comme Ulysse...
enfin, nos voyages sont moins aventureux et plus courts, nous allons
pas nous perdre, nos moyens sont limités et il faut toujours retourner
à la maison pour régler nos affaires, dès que les congés payés se
terminent.
Cette fois-ci nous avons pris la route pour la grande bleue, direction
Narbonne, plus exactement Gruissan.
Comme je ne suis pas peintre ni dessinateur, je ne fixe mes
impressions que par l'écriture pour que je m'en souvienne plus tard en
souriant, les yeux pleins de larmes:
Celui qui voyage peut raconter des histoires.
Comme on le sait, les matelots portugais ont porté un tatouage dans
le dos à l'épaule droite, une rose noire, qui signifiait qu'ils avaient vu
le monde entier et laissé "la beauté" derrière eux. Whatever that
means.
De nos jours c'est redevenu moderne de s'appliquer des tatouages,
hommes comme femmes, même si l'on dirait que ceux des hommes
donnent parfois l'impression d'un ancien jetard ou d'un légionnaire,
d'une idée d'une vie libre, sauvage et dangereuse.
Chez les femmes l'interprétation n'est pas si simple: des papillons,
des fleurs, des ornements étranges au dos juste au-dessus les fesses...
Un de ces beaux jours à Gruissan nous nous sommes promenés à
travers la vieille ville pour admirer les églises, le château et les
maisons pittoresques.
Au petit bistrot la jeune patronne en jupe estivale et courte servait des
boissons rafraîchissants.
Du jamais vu.
Elle arborait des tatouages à chaque épaule sur le devant, deux étoiles
assez grandes et bien colorées, d'accord, mais en haut des jambes,
presque au ras de fesses (visible grâce à sa jupe d'été) les couleurs et

les blasons de sa ville natale: Je suis une fille de Gruissan, connaissez-vous mes couleurs?

J'avoue que ma fantaisie en quelque sorte est limitée, mais je prends un grand plaisir à observer des gens et laisser galoper mon imagination.

La deuxième anecdote : ce sont des anciens cabanons-pêcheurs au bois, construits sur pilotis; aujourd'hui des résidences secondaires laissées à l'authentique, mais bien entretenues.

Ce lotissement existe depuis plus de 60 ans.

Un jour Monsieur le Maire (socialiste) de Gruissan et son équipe ont eu la surprenante idée de faire construire une autre bonne douzaine de ces cabanons directement à l'espace entre l'étang et bord de mer.Pour réaliser ce projet, on fit intervenir des fournisseurs, des experts en écologie de toute l'Europe.

Les maisons étaient prévus pour des habitants de Gruissan à revenu modeste, pour des familles avec des enfants, qui travaillent dans la région.

Bon, la construction et l'assemblage se discutent, mais comment décrire l'étonnement des gens après avoir compris que tous les cabanons (entre 40 et 100m²) encore en construction   étonnement étaient déjà vendus entre 200 et 300mille € chacun à des grosses têtes de la région, des PDGs, des politiciens, de riches commerçants.

J'ai entendu dire que quelques jeunes pères de famille ont fait un stock d'allumettes.

Souvent la colère et la mal-contenance ne suffisent pas.

Les choses demandent un changement. Il y a urgence.

Home is where you make it

Encore un mot en ce qui concerne les résidences secondaires et leurs propriétaires.

Acheter une vielle maison en pierre, pour dire la vérité, en état de ruine demande un caractère

de fantaisie illimité, une mentalité courageuse et – bien sûr – quelque sous, et la constitution et le savoir-faire d'un bricoleur polyvalent.

Soit que l'on est déjà de l'âge avancé, soit on est paresseux ou – tant mieux – assez friqué, il y a toujours des gens qui achètent de deuxième main, de préférence des maisons entièrement équipées et aménagées.

Alors voilà l'histoire d'une telle maison à travers les années :

Une maison en pierres, dans le vieux quartier d'un village du Gard, fière, pleine d'histoire, avec un toit correct, mais pourrie, sale, humide et surtout très petite, très étroite, à trois niveaux : rdc, premier, deuxième, avec un petit bout de terrain de 100qm devant, pas habitable du tout, pleine de moisissures et ses murs fleurissant de salpêtre mais   l'âme intacte.

En 1983 elle fut achetée par une avocate américaine âgée qui– peu importe les frais - l'avait faite retaper comme il faut.

Elle y a vécu plusieurs années, surtout pour ne pas être trop loin de son fils qui s'était marié à une française. Tous les mercredis elle fréquentait son coiffeur à Uzès, les samedis elle dînait dans les restaurants haut de gamme des environs, elle se promenait avec sa 205 rouge dans le département et terminait ses soirées en se régalant des disques d'opéra et de la lecture des grand classiques grec et romain et de l'histoire de la France.

Par un destin malheureux et triste son fils décédait et elle ne supportait plus la solitude, d'autant plus, que les enfants d'un voisin anglais se cachaient dans une oubliette et hurlaient comme des fantômes.

Ne sachant pas de quoi il s'agissait, l'américaine avait vendu sa maison complète, tout compris, à un prix ridicule et aussi sa petite 205 rouge et s'était enfuie du village, de la France, de l'Europe et elle n'est jamais revenue et n'a écrit ni téléphoné.

Les voisins avaient fait fortune : la voiture pour leur fille étudiante à Paris, la maison à la vente pour une somme remarquablement élevée. Quelque mois plus tard, en plein été ensoleillé bien sûr – c'est le meilleur moment pour vendre une vieille maison ! – ils avaient trouvé deux sœurs anglaises, qui – certainement en accord avec leurs époux - étaient définitivement décidés à acheter la maison dans l'état avec son aménagement au prix demandé sans débattre.

Jamais vu avant deux couples si différents : l'une des sœur couturière de profession, son mari employé chez gaz d'Angleterre, tous les deux de la classe ouvrière, des gens simples, sympathiques et chaleureux, de grande taille et rondelets, mais même dans leur propre langue, l'anglais, parlant d'un accent particulier, très difficile à comprendre - une fille.

L'autre sœur par contre prof de sociologie, son mari prof de maths, à la fac. Des gens arrivés, haute société anglaise discrète, lui plutôt mince intéllo, elle toujours en lutte contre une obésité tendancielle, flanqué d'un anglais oxbridge - une fille aussi.

Ils ont toujours évité péniblement de se rencontrer pendant les vacances.

Les uns grand bringeures, pour les autres plutôt d'amateurs de lecture et de musique, les deux couples se sont alternés leurs séjours dans la maison pendant quinze ou dix-sept ans.

Mais la vie en rose se termine quand on comprend que l'été ne dure pas éternellement.

Et pour retrouver son lit après les apéros au petit jardin, il fallait, hélas, escalader le colimaçon jusqu'au premier.

Un de ces jours, vers 21.30 , le gazman sonnait chez nous. Il était pâle et tremblait. Sa couturière était tombée de l'escalier et s'était blessée grièvement à la tête.

Nous avons appelé les urgences, mais à leur question concernant l'âge de son épouse, le bonhomme perturbé ne savait plus rien.

Bon bref, c'était le point final pour eux. Sa tête enveloppée dans une serviette trempée de sang et laissant des gouttes de sang sur le sol nous rappelaient que c'était le jour du 60. anniversaire de Bob Dylan, sa chanson 'blood on the tracks' revenait à la mémoire, deux jours plus tard ils décidaient qu'il valait mieux vendre la maison.

Aux amis en Angleterre Madame racontait avec un sourire, que sa blessure venait d'un tentative des indiens de prendre son scalp.

L'autre couple était d'accord et la maison, toujours complètement aménagée, était encore une fois en vente, cette fois-ci par une agence immobilière.

Bien sûr qu'entre temps le prix était monté remarquablement.

Les propriétaires actuels sont – de nouveau – des américains. Un couple avec une fille de six ans, fait étonnant pour leur âge, on sait bien que rien n'est impossible aux états unis, mais bientôt ils ont informé les voisins, que c'est un enfant adopté.

Alors, ils ont vidé toute la maison sauf la cuisine et le frigo, nettoyé à fond et petit à petit ils font leur nid pour les vacances, trois à quatre semaines par an.

Faut savoir qu'ils résident en Californie.

Mais comme il est un pompier américain, tout est faisable. Leur house-warming-party avec tous les voisins de la petite rue fut un grand succès, tout le monde parle quelques mots d'anglais.

En février le nouveau propriétaire venait avec un copain pour cinq jours restaurer la salle de bains et y poser de jolies faïences . Ils étaient équipés d'une scie électrique pour couper les carrelages, mais, elle ne fonctionnait que sur 110 volts.

(à suivre)

Impossible n'est pas français

"J'adore que les choses aillent bien", m'avait dit un ami retraité, "je suis ravi si on peut compter sur la parole donnée et - surtout - si on retrouve les objets dont on a besoin chaque jour définitivement à leur place, même pendant la nuit. Je déteste perdre mon temps en cherchant les clefs de la voiture, mon portefeuille, les mouchoirs en papier - j'adore l'ordre et la discipline quotidienne."
Oui, c'est comme ça qu' on peut gagner sa liberté, qu'on ne doit plus se sentir menotté par les rituels fatigants de la vie. Mais - ta liberté partiellement gagnée, qu'est-ce qu tu vas faire avec? La liberté pour quoi ?
"Généralement", il me répond, "c'est-à-dire au fond, il est nécessaire que tu trouves une structure adoptée à une vie qui te convient. Moi, par exemple, j'ai mis une certaine organisation dans ma vie quotidienne: les vendredis je prends un bain, coupe mes ongles et puis j'appelle ma mère, tous les mercredis je fais tourner la machine à laver, les samedis je fais briller ma voiture et chaque mardi je joue aux cartes avec des amis au bistrot. Une fois par mois je regarde un film au cinéma et en juillet je passe deux semaines de vacances au bord de la mer, toujours dans le même village, dans le même appartement, on peut compter sur moi. Mon temps libre je le passe en m'informant sur Internet ou devant la télé, en écoutant de la musique country et en fouillant dans les magazines. Tous les deux semaines, de préférence les jeudis, je fréquente mon coiffeur, le repas du jeudi soir est composé de boudin noir, de mousse au chocolat et d'une demi bouteille de côte du Rhône. Le vendredi soir je rends visite à mon club préféré, puis deux heures de vélo de course, pour garder la forme."
Mais où t'a appris tes règles tellement strictes, qui t'a forcé à vivre de cette manière?, j'ose poser la question. J'ai appris à obéir, à servir pendant mes quinze ans et une journée à la légion étrangère, j'y étais

entré à l'âge de dix-huit ans, j'étais en train de perdre le nord, mon existence basculait; la légion m'a sauvé, elle est devenue ma patrie, et, tu vois, je touche pas mal de retraite. Bien sûr que j'ai vécu des choses étranges et dangereuses, mais c'est à oublier, je ne crains plus rien, je n'espère plus rien, je suis un homme libre, ni Dieu ni maître. Faut accepter les règles. Il se tournait vers une armoire, y sortait une ancienne cassette et un paquet. Il mettait la cassette à tourner, Willie Nelson: to all the girls we loved before, et sortait de son paquet un grand couteau militaire et un morceau en cuir pour l'aiguiser. Au rythme de la chanson il passait la lame à travers le cuir, examinait son acuité extrême par son pouce et regardait par la fenêtre avec des yeux étranges et bizarres.

Oui, je lui répondais, oui, les gens sont différents. Il faut choisir, mentir ou mourir. Mais - dans ta tête? T'as des rêves, des fantasmes, des idées?

Toujours sous un regard frayant il se tournait vers moi. Tu sais, chuchotait il, j'avoue que j'ai vécu, et il reposait son couteau dans l'armoire.

Je regardais par la fenêtre. Dans un arbre au fond du jardin, en train de crapahuter comme un dératé le long d'une branche, je l'ai vu, l'écureuil rouge; et de suite je me suis rappelé l' essai écrit par Alain Rémond dans 'Marianne' , "Un écureuil dans la campagne". Ses pensées sont tellement évidentes, que j'aime bien en adopter quelques unes.

Il écrit sur la liberté joyeuse de l'écureuil, sa gymnastique débordante, sa joie de vivre et de découvrir toujours de nouvelles surprises, et - bien sûr - sur le fait qu'il est laborieux et collectionne en permanence des noix et à manger pour établir des stocks quand l'hiver arrive.

Malheureusement il cache ses provisions si soigneusement qu' assez souvent il ne les retrouve plus jamais.

Si l'on avait des politiciens comme cet écureuil rouge, résume

Rémond, les choses iraient mieux…

In vino veritas

Il n'y a pas mal de gens au sud pour qui se pose désagréablement la question d'argent.

D'accord, on arrive à se tirer de l'affaire avec des moyens réduits, au moins pour les vêtements, et la nourriture.

Ce sont les frais fixes, qui provoquent toujours des nouveaux maux de tête :

L'EdF, téléphone, le bois de chauffage, et les impôts…

Pour soi-même et sa fille F. avait trouvé une solution. Pour l'été les deux passent quelque temps chez des amis dans un cabanon au bord de la mer en Ste. Marie en Roussillon. Elles y vivent dehors et dorment à la belle étoile, et pendant les quatre semaines elles louent leur maison dans le village aux touristes.

Leur voisin s'en occupe.

Non, il n'y a ni jardin ni piscine, mais comme ça le loyer est moins élevé et les gens aiment à revenir.

Bien sûre que F. aussi a déjà appris connaître la misère d'une propriétaire, des gens p.e. qui plantent des clous dans des portes soigneusement restaurées pour pendre leurs vestes, des autres qui se dessuintent es,les mains aux rideaux etc. Mais en ce mois d'août quelque chose de totalement nouveau lui arriva.

Le loyer était correctement versé, la maison était bien propre, pas de yaourt pourri au frigo, le poste radio encore intact et la consommation de courant électrique limitée raisonnablement.

Autant qu'on puisse voir tout était en ordre.

Il faut qu'on ajoute que F. collectionne. Du vin. Du vin rouge. Pas en connaisseuse, non, par hasard. Une bouteille de l'Espagne, l'une ou l'autre du Rhône, aussi de Bergerac, de la Loire, enfin ce qu'elle avait trouvé autour des années.

Ces bouteilles, elle les garde pour les occasions de la vie dans la petite pièce sous la terrasse, bien fraîche, un peu humide.

Sa tournée d'inspection après la location l'amenait jusqu'à la petite pièce.

Auparavant ses hôtes d'été avaient bizarrement aussi épousseté ses bouteilles de rouge.

Rigolo, n'est ce pas ?

Elle se préparait un grand café au lait. Puis, suspicieuse, par sécurité elle prenait la main de mademoiselle sa fille et elle retournait voir sa collection de vin.

Tout à fait, les étagères étaient bien remplies, mais…elle tirait une bouteille, une autre, une troisième, et elle pâlissait.

Plein d'angoisse sa fille s'était accrochée à elle avec ses petites mains, après qu'elle, folle de rage, eut jeté une bouteille au sol.

Tous ses précieux souvenirs, tout le rouge, chaque bouteille avec son histoire individuelle, les souvenirs des années – disparus, foutus.

Pas tout à fait, bien sur, il y avait des bouteilles remplacées. Remplacée et échangée contre des bouteilles du rouge ordinaire, de la piquette.

Le soir même F. a téléphoné à ses hôtes d'été et elle a demandé une explication, une petite explication seulement, s'il vous plaît.

« Quoi ? Comment ? » le mari, on dit un Berlinois, avait répondu avec une incompréhension irritée, « je ne comprends plus rien ! C'était du vin rouge, n'est-ce pas ? Nous avons tout remplacé, il ne manque aucune bouteille, vraie ou pas ? Je ne vois pas, ce que vous me voulez ! »

F. a jeté l'éponge. Elle a mis un grand cadenas à la porte de sa cave à vins, parce qu'elle vraiment ne pouvait pas renoncer à la location aux vacanciers.

Ses amis lui ont expliqué qu'à Berlin, il existe des bistrots où, quand on commande du vin, le garçon demande : « du Moselle ou du rouge ? »

In vino veritas II

C'est la saison, partout en France on tombe sur des foires aux vins dans les grandes surfaces, les super- et hypermarchés. On trouve des prospectus dans sa boîte aux lettres précieusement imprimés et bien classifiés par régions du vin , Rhône, Languedoc-Roussillon, Beaujolais, val de Loire, Bourgogne, Bordeaux, Sud-Ouest et Provence et Corse, des blancs, des rouges et des rosés.

La France et ses vins, ses fromages, sa cuisine, son savoir vivre - de bonnes raisons pour s'installer dans ce pays magnifique, de savourer ses délices et de profiter du climat doux: il y a de beaux étés en méditerranée!

Et comme chaque profession, chaque métier et chaque spécialité utilise une langue spéciale, disons spécifique, c'est aussi le cas pour caractériser la présentation, le goût, la 'personnalité' du vin.Les expressions sont rares, précieuses et belles, lyriques et fleuries, presque comme des poèmes, mais parfois difficiles à comprendre.

Les ignorants choisissent un rouge selon son parfum, sa couleur, son prix, son goût, ils maîtrisent à peine le vocabulaire élaboré d'un sommelier. C'est pourquoi ça fait un grand plaisir aux tables rondes qui chante 'goûtons si le vin est bon' quand un de ces picoleurs laisse tomber une classification professionnelle, par exemple: Un archétype de la région, bien fait, très régulier, ou Un vin qui poursuit sa maturité, tannique, épicé, aux notes de cuir et de tabac. Applaudissements garantis!

Un autre peut ajouter: Un vignoble sur des galets roulés, une belle réussite du millésime, mais l'épouse du marchand de vin d'ajouter: oui, mais encore sur sa jeunesse, ce vin gagne à attendre un peu pour augmenter notre plaisir.

Les autres hochent la tête avec sérieux, des connaisseurs, et font tourner le vin dans leurs verres avant de passer un toast aux dieux.

Il a une matière en bouche bien présente, un nez de fruits noirs, avec une belle densité, quand même, oui, un vin poivré typique de la Syrah de ce terroir, souple et plaisant, accessible à tous! Et en plus: un excellent rapport qualité/prix!

Moi aussi, remarque le vigneron, je trouve que c'est un vin équilibré, friand et gourmand, complexe et très longue en bouche, un vin fruité et charmant!

Alors, à votre santé, chevaliers de la table ronde! À consommer avec modération, et surtout en bonne compagnie.

Inoubliable

Il y a des choses que l'on n'arrive jamais à oublier. Concernant la France pour moi ce sont les sensations parfumées comme la lavande, l'ail, un bon rouge et – bien sûr – le pastis des nuits estivales. Un mélange qui ouvre les portes entre rêve et sommeil : un petit peu de la transpiration pastissée.

Et bien certainement ces parfums font vraiment revenir des événements. Par exemple comme j'ai appris la manière de peler les gousses d'ail : Il faut en prendre une et en tenant un couteau par la lame on tape avec la manche sur le fond de la gousse et voila, la peau s'enlève facilement.

Il y a des années que j'ai eu la chance d'apprendre cette méthode en observant l'apprenti par la toute petite fenêtre des cabinets d'un restaurant de Marseille qui donnait dans la cuisine pour l'aération.

Ça ne pue pas, ça sent l'ail, bien entendu !

Comme Audrey Hepburn l'exprime dans le film « Breakfast at Tiffany's » : « Trois fois par jour il prend une douche ! Je trouve que c'est trop. Un homme doit sentir un petit peu ! »

Tout gosses après la guerre nos avons découvert l'odeur du soldat anglais, ou plutôt de son uniforme : tabac doux, chewing gum et chocolat cadbury .

À l'époque pour nous un parfum nouveau étrange et masculin et qui restera symbole d'un guerrier paisible.

En voyageant aussi on retrouve les différentes odeurs qui se tissent dans la mémoire. Le parfum du métro de Paris n'est pas le même que cela de Berlin ou de New York. Et les aérogares !Au Caire ou à Alger – ça sent l'aventure, l'orient, à Madrid les produits de ménage ; à Hambourg et à Marseille ça sent le sel et la mer.

Et surtout les marchés : Ferme les yeux et regarde où tu es - c'est peut-être avec l'odeur que tu vas voir les couleurs et te souvenir : de Marrakech, des halles de Nîmes, de Pologne ou de ta ville natale.

Pareillement quelques blagues qu'on garde en mémoire comme les odeurs.

En apprenant la langue française notre prof nous a montré l'image d'un restaurant orné d'une affiche « demain on mange ici gratuit ».

Oui, demain. Et ce souvenir exacte m'est revenu en lisant un papier sur la porte de notre toubib : « Le docteur ne sera pas là jusqu'à lundi. En cas d'urgence appelez le 15 ».

Entendu, mais il sera absent jusqu'à quel lundi, quelle semaine, quel mois, quelle année ?

Jean le Bienheureux

Il a ses habitudes, notre Jean, bon vivant, flâneur et de mœurs simples il aime fréquenter les villes et villages de son département, surtout des jours de bric à brac et de vide greniers.

« On peut trouver ce qu'on a pas cherché », sourit il et commande, comme tous les mercredis à 11h30 un thé à la menthe au bistrot à côté de la boulangerie, où il avait acheté, comme d'habitude, une fougasse aux anchois.

Il aime lire, il adore la littérature, mais il ne collectionne plus. Terminé la lecture – il tire toujours des pensées des livres, des citations, et les note dans son petit carnet noir – Jean dépose l'œuvre n'importe où pour faire plaisir aux passantes.

Un de ces jours, un dimanche, il s'était promené aux puces d'Uzès, quand tout à coup il se trouva devant un bazar de livres sauvagement entassés par terre, surveillés par une dame assise dans un fauteuil, ses yeux protégés par des lunettes noirs contre le soleil brillant.

Une ambiance particulière.

La vendeuse le fixait et surveillait avec amusement sa fouille dans les livres. « Est-ce que vous cherchez quelque chose de spécial ? » elle demandait en levant ses lunettes et en regardant Jean avec ses yeux brillants d'un vert inattendu et profond.

« Oui, peut-être, oui, 'Le maître de Santiago' de Henry de Montherlant, murmurait Jean, assez perturbé par la situation.

« Voilà, cher Monsieur », et en un tournemain la bouquiniste lui sortait pour prouver sa réalité, le livre recherché. « Regardez les pages 37 et puis 74, cela va vous plaire ! »

Et Jean, assez stupéfait, prenait le bouquin, cherchait la page 37 et déclamait à haute voix : « La victoire est assurée, mais elle ne vaut pas d'être remportée. »

« Et la page 74 ? » murmurait la femme qui lui paraissait, de plus en plus perturbé, devenir une sorte de sorcière.

Jean obéissait et lisait : « Pourriez-vous prier, si vous saviez de certitude, que Dieu ne vous comprend pas ? »

Il allumait une cigarette, se grattait le crâne, levait les yeux au ciel et regardait la vendeuse, qui, elle aussi, fumait et se mettait à ranger ses livres dans deux valises.

« Voulez-vous me donner un coup de main, monsieur, et m'accompagner? », lui chantait-elle, « j'ai d'autres trésors chez moi... »

Jamais auparavant Jean le bibliomane, n'avait été introduit dans une tanière aussi tapissée de livres. Même autour du lit.

Jean fut séduit par l'ambiance littéraire et par la belle sorcière. Au long de la nuit tous les deux échangeaient des cigarettes et des boissons aromatisées, des citations de différentes livres, ils écoutaient des compositions musicales étranges et partageaient un amour d'une intensité éternelle, jamais connue auparavant, comme si les portes d'une seconde vie de rêve s'ouvraient :

Il lui donnait son cœur, mais elle voulait son âme.

« La richesse en soi n'est pas un péché » lui chuchotait la belle bouquiniste à l'aube.

Au moment précis où elle lui ouvrit la porte il entendit l'écho d'un bruit d'avalanche.

« Tous les livres sont tombés sur le lit », murmurait la sorcière, « mieux vaut maintenant qu'avant ! Fais attention que toi tu ne glisses pas de ton escabeau en cherchant tes citations sur des étagères trop hautes ! »

Le soleil commençait justement de se lever derrière les collines de la garrigue quand Jean le Bienheureux sortait de la maison ; l'idée bizarre qu'il n'avait jamais traversé Marseille en décapotable pour aller aux calanques, le vent chaud dans les cheveux s'empara de lui.

Venise, la vieillesse...la suite

De retour à Uzès de Venise, toujours accompagné de ma canne, je me suis dit qu'il valait mieux contacter mon toubib et demander des conseils concernant les douleurs de mon dos et des hanches. Il m'a fallu trois semaines pour enfin prendre cette décision, et, voilà, mon cher docteur m'a fourni une ordonnance pour un traitement kiné par une spécialiste qui est venue de s'installer à Uzès, une jeune dame allemande. Elle m'a donné rendez-vous tout de suite.

Aujourd'hui de plus en plus il faut compter vivre des choses inattendues, souvent même des cauchemars.En attendant l'heure de mon rdv j'ai pris mon fameux thé vert à la menthe au café habituel sur l'esplanade quand une connaissance passa. Elle me regarda, ralentit ses pas, s'arrêta, retourna et me saluait excessivement. "Tu n'as pas changé du tout", osai-je remarquer en souriant sans vraiment m'apercevoir qu'elle pâlissait légèrement; ce qui était d'ailleurs difficile, parce que son maquillage artisanal était en fait à la limite d'une comédienne.

Puis, pendant douze minutes, le temps qu'il me restait pour mon rdv kiné,elle me raconta presque tout. J'avoue que je ne l'avais pas vue ni eu au téléphone depuis plusieurs années. Elle avait vendu sa maison, il lui restait encore à vendre deux terrains, elle vivait entre temps en Avignon, elle écrivait enfin le grand roman bouleversant de sa vie, son fils s'était marié aux EU, il vivait à New York et elle, après des longues psychanalyses et thérapies méticuleuses elle s'était retrouvée un jour dans une clinique psychiatrique, sous traitement médical lourd.

Mais qu'elle se sentait bien, très bien, avait trouvé son chemin définitif, s'était décidée à s'orienter vers le bouddhisme pur.

Ouf!

Arrivés devant le cabinet de ma kiné nous nous sommes faits la bise, je lui serrai les mains et avec un regard empathique et profond dans ses yeux fortement kholés j'ai exprimé mes meilleurs vœux pour son avenir.

Entré au cabinet alors, j'ai rencontré ma kiné. Jeune, mince, assez grande qui, de l'Allemagne du sud (à noter qu'elle maîtrise quand même à merveille l'allemand littéraire et le français sans accent), est venue à Uzès par hasard il y a deux ans. Parmi sa clientèle locale elle s'occupe de beaucoup de Suisses et d'Allemands et connaît surtout ceux qui n'arrivent guère, après même vingt ans de résidence secondaire dans l'Uzège, à s'exprimer en langue française.

Son approche est délicate, fine; en souriant elle maîtrise parfaitement sa profession, aux mains magiques légèrement pressantes et les effets lui donnent complètement raison: passé cet après-midi uzétien et sa thérapie j'ai commencé à retrouver la lumière et la ré-naissance.

Encore huit séances ; j'y retournera sans ma canne.

À la bonne franquette

Par une de ces journées ensoleillées de la mi-novembre, les amis et leurs enfants sont venus des Ardennes pour en profiter, et nous avons eu l'idée charmante de casser la croûte, pas sur l'herbe, mais sur la grande table du jardin du mazet.

J'avais promis d'emporter ma célèbre soupe aux tomates à l'algérienne et je l'ai préparée soigneusement comme il faut - de l'ail, des oignons, du basilic, un peu d'huile d'olive et, ce qui n'est pas forcement orthodoxe, - quelques gouttes de gin - et puis j'ai posé fièrement le pot dans ma voiture.

Hélas, au dernier rond point avant d'arriver au mazet, une jeune conductrice blonde au volant d'un bolide noire, sans doute en train d'aller chercher ses enfants à l'école, m'a coupée la priorité sans clignoter. Il m'a fallu freiner brusquement. Bien sûr, même s'il était posé à plat, mon précieux pot a basculé et la bonne soupe s'est renversée sur le tapis gris. Plus de chance du tout!

Dans les voitures les tapis sont fixés très professionnellement; je ne suis pas arrivé à l'enlever, il a fallu le nettoyer à l'éponge. Un échec pitoyable.

Nous nous sommes dépannés avec du pâté, du fromage, des baguettes et des raisins, et c'était merveilleux.

Une soupe à la tomate sent bon, sent très bon, mais si elle a trempé un tapis et si elle a séché lentement, c'est autre chose. Personne n'imagine ce changement de parfum; une puanteur infernale et tes passagers commencent à te regarder avec un regard particulier.

Ni la bombe pour nettoyer les tapis et les fauteuils, ni les produits ménagers ne font effet. Faut que mon garagiste préféré démonte le tapis et que je le passe à la machine à laver.

Accompagné de cet odeur étrange, le soir nous sommes partis à l'opéra de Montpellier pour assister à une représentation déjà attendue pendant des mois: l'extraordinaire sopraniste Nathalie

Dessay. Un hôtel était réservé.

À l'entrée on nous informe que Madame ne chante pas ce soir, qu'elle est tombée malade. On avait décroché le pompon.

La chambre de Mine

Son vrai nom est Hermine, mais pour faciliter la communication nous avons adopté son petit nom de l'enfance, Mine. Nous sommes des amis de longue date, depuis nos études à Berlin et le contact avec elle n'a jamais été interrompu, même pendant nos longs séjours hors de l'Allemagne.

Ça fait déjà 27 ans que nous avons acheté et retapé la ruine dans ce village pittoresque en France ; Mine, son mari et leurs enfants nous ont rendu visite assez souvent jusqu'à ce que son époux la quitté d'un jour à l'autre il y a quelques années.

Puis, après une période difficile et problématique, elle a repris sa vie en mains, s'est décidée à redémarrer, a acheté une petite Mercedes dès que ses fils ont quitté la maison et – elle voyage beaucoup, seule, elle aime prendre le volant, traverser l'Europe, rencontrer les vieux amis et partager des beaux moments avec eux.

Chaque été, c'est la tradition maintenant, Mine passe quelques semaines en France avec nous ou nous partons voyager ensemble.

Entre temps nous avons aménagé une chambre dans le rez-de-chaussée de notre maison pour qu'elle puisse arriver quand elle veut et rester indépendante et autonome.

La pièce porte le nom de 'chambre de Mine'.

Bien sur que nous nous en servons aussi de temps en temps, il y a un ordinateur et un petit bureau et une armoire pour nos vêtements d'hiver, mais cela ne la dérange pas du tout ; elle dort bien, dispose d'une petite salle de bains et se sent à l'aise.

Sauf un matin ensoleillé où elle arriva sur la terrasse, visiblement perturbée et dérangée, comme un poulet qui aurait trouvé un couteau.

« Je n'ai presque pas dormi de la nuit, il doit y avoir des gens au village qui se promènent et qui chuchotent devant ma fenêtre, toute la nuit j'ai entendu des voix ! »

Quelle horreur ! Normalement le quartier est très calme, surtout la nuit. La fenêtre de sa chambre était fermée, les volets aussi.

Alors je me suis rendu en bas et dans la rue pour vérifier s' il y avait de traces des passagers nocturnes, mais je n'ai rien trouvé.

Mais en fait dans la chambre de Mine j'ai entendu quelques bruits bizarres, ressemblant à des voix humaines lointaines.

Alors – des phénomènes surnaturels ? Les esprits des anciens propriétaires ?

Il fallait trouver une explication.

Mon ordinateur, tout simplement, j'avais oublié de débrancher les haut-parleurs, et tout le monde sait bien qu'ils produisent un petit bruit étrange, la tonalité du courant électrique, si l'on peut dire.

Mine fit une longue sieste pour se reconstituer et la nuit suivante elle a dormi comme un bébé sans entendre les voix d'un autre monde.

La musique ne connaît pas de limites

« Ma chère épouse, savez-vous, mon épouse écoute uniquement les cd de 'stabat mater', depuis un certain moment elle les collectionne, enregistrés par quel compositeur que soit, quel orchestre, de quelle époque et de quelle chanteuse. Au cour des années elle est devenue spécialiste ; ses archives débordent, donc voilà… », me confiait un voisin avec un sourire un peu amère. «

Nous nous étions rencontrés pour nous régaler d'un enregistrement de 'La Somnambule' de Bellini, surtout le duo de Cecilia Bartoli et Diego Florez, à tomber à genoux, et en écoutant ses yeux s'embuaient.

« Que du 'stabat mater' », répétait-il, « et puis elle chante, vous vous rendez compte ? Et en fait elle n'est pas très catholique, elle est plutôt bonne vivante ! »

« Oui, évidemment, écoutez, la musique sacrée surtout, si l'on veut…, l'emphase, la profondeur, la joie de vie, l'enchantement ! »
Tristement il hocha la tête.

« Voyez, la musique pour moi aussi représente un phénomène essentiel dans la vie, très important, et je fais mon possible pour en profiter ; soit j'en tire la paix, soit la compréhension générale, mais – de plus en plus je reste chez moi.

Peut-être que votre épouse a trouvé la solution absolue, au moins pour elle ? Le 'stabat mater' comme quintessence de la musique classique ?

Pendant des années j'ai fréquenté les salles d'opéra, les concerts, l'an dernier encore le festival d'Aix. Mais j'en veux plus, à vrai dire je ne peux plus. »

« Comment ça ? » m'interrogeait mon hôte, « je vous connais comme un mélomane, qui a dépensé des fortunes pour assister aux événements musicaux n'importe où, à Berlin, à Madrid, à Paris, Aix, Orange, Lyon, Zürich… »

« Oui, mon vieux, the times they are a changing! Pour obtenir un billet pour l'orchestre philharmonique de Berlin sous la baguette de Simon Rattle cette année à Aix, il fallait se brancher le 28. janvier 18h pile sur l'Internet.

Faut en être équipé, par téléphone – aucune chance.

Bon, enfin arrivé sur leur site vous allez vous apercevoir qu'il n'y a plus de billets à prix raisonnable. Bien sûr, à € 250,- il y en a encore quelques-uns de disponibles…

Dernier essai peut-être le 7.février à partir de 9h sur la FNAC, par Internet, c'est clair, priez pour moi, cher ami !

Maintenant j'appelle cela 'la guerre des classes par la culture', et j'en ai marre, marre, marre.

Je vais faire comme Madame : acheter le cd et m'en faire le plaisir chez moi.

Autrefois, lorsqu'on flânait à Prague ou à Barcelone, t'as assez souvent entendu de la musique en passant devant une église ; tu y es entré et t'as assisté à un miraculeux concert inattendu.

Personne ne t'a demandé de billet. T'as donné à la mesure de tes moyens en quittant les lieux pleins de bonheur.

Et on ne donnait que 'stabat mater', croyez-moi ! »

La musique remplit la vie

« Quand tu es habité par la musique,
quand la musique remplit ta vie,
veux tu me dire, à quoi
servent les mot ? »
Yasmina Reza

Une journée miraculeuse, un ciel bleu foncé, embrassé par un soleil pas trop brûlant et un vent faible par la mer, un après-midi de fin septembre trempé aux couleurs de la Provence qui faisait chanter nos âmes et- mon dieu- les faisait s'envoler ailes tendues par le toit ouvert de notre décapotable :
 La preuve définitive que notre choix de nous installer ici pas trop loin de la méditerranée était le seul, le bon.
Pour aller chercher une amie à l'aéroport de Montpellier nous étions partis beaucoup trop tôt. Pour y aller il faut rouler doucement, regarder, sentir, se détendre : le chemin fait une partie du but.
Il ne faut pas prendre l'autoroute, non, il vaut mieux circuler sur les petites routes qui traversent la Camargue, tendrement chatouillé par l'air et les yeux séduits par la belle nature.
Arrivés presque deux heures à l'avance nous garions notre voiture sur le niveau parking en face de l'aéroport en admirant le soleil orange se coucher lentement derrière le bâtiment.
On allume l'autoradio, France Musique, quoi donc, les sièges arrangés confortablement, quand – quel hasard !- la voix brillante et unique, le soprano lyrique de Barbara Bonney coule des haut-parleurs.
Elle chantait, elle chantait un Lied de Mozart qui posait la cerise sur le gâteau, elle chantait le Lied de la liberté.

Voilà un extrait :

Malheur à celui qui, à la sueur de son front,
Cherche à obtenir faveur princière et haute position
Et qui est attelé sa vie entière
A la charrue de l'État !
C'est un pauvre diable
Qui ne connaît pas la liberté et ses trésors.
…..
Mais celui qui se passe aisément
De tout ce quoi le fou aspire,
Qui vit heureux dans son propre foyer,
A sa guise, sans se régler sur autrui,
C'est le seul qui puisse dire :
Bienheureux que je suis, je suis un homme libre.

Enfin bien arrivée, notre amie clignait de l'œil plein de sympathie. »Il y a un bel été en méditerranée, n'est-ce pas ? »

Tout au long du retour ils se laissèrent emporter avec ferveur par Mozart : Où je suis bien, je fonde mon foyer.

Les limites de l'électronique

Un de nos amis qui nous rend visite de temps en temps est un fou de la consommation et en plus un fou des équipements informatiques. Concernant ses ordinateurs il est toujours fourni du dernier cri. J'avoue que cette attitude donne preuve d'une certaine curiosité, montre qu'il prend part et s'intéresse au progrès technique. Contre mes objections que l'ordinateur pourrait lui voler du temps précieux il hausse les épaules.

Mon deuxième point de vue c'est que l'ordinateur force à suivre une logique formelle très stricte, pas à pas, qu'il tue la créativité et la fantaisie, le fait sourire: l'ordinateur pour lui est un instrument très utile et efficace.

Pour approfondir sa manière de voir les choses, il s'est équipé d'un GPS, vulgo TomTom pour trouver le meilleur chemin jusqu'à chez nous. D'accord, un tel appareil peut faciliter le trajet si l'on est seul au volant et la charmante voix féminine de la guidasse qui sort de l'instrument peut servir comme amusement. Moi, je préfère les cartes Michelin ou IGN et j'investis bel et bien du temps pour préparer mon voyage, le cœur et les yeux ouverts pour l'inconnue.

Quoi qui en soit, notre ami a eu la drôle d'idée de partir justement au moment des grands départs en France: un énervement partout, des bouchons, la circulation classée rouge etc.,mais sa femme TomTom est restée patiente et de bonne humeur, lui proposant de prendre la départementale, assez souvent parallèle à l'autoroute.

Son conseil: Quittez l'autoroute à la prochaine sortie!

Notre ami a obéi immédiatement. Mais madame l'automate n'a pas réalisé qu'il continuait maintenant sur la départementale. À la troisième fois elle avait compris qu'il n'y a pas de sorties aux départementales et lui proposait à voix polie: Sortez après 200mètres!

Le chauffeur refusait. Deuxième appel: Sortez après100 mètres! Le chauffeur refusait encore. Madame a fait un troisième essai - pas de chance. Mais avant d'exploser (j'adore imaginer que la voix d'un automate s'en rage et commence à gueuler) elle s'est fâchée et n'a plus donné des conseils pour au moins une demi heure. Puis elle a repris courage et guidé notre ami jusqu'à chez nous.

Faut pas se laisser dominer par la technique, a-t' il dit avec un sourire désabusé.

Le Bar du Progrès

Il arrive qu'elle n'ait pas totalement tort, la Fabienne, par exemple quand elle affirme obstinément que l'alcool a joué un rôle dans ces événements. Et surtout quand elle répète que c'est le diable qui a fait l'alcool.

Bon bref, mais le pastis n'est pas de l'alcool, ça c'est connu.

Et en plus, cette affaire date de plusieurs années ; à l'époque la ruine était déjà habitable : la porte principale   fermait, les fenêtres aussi et l'eau et l'électricité étaient branchées.

En plus deux lits de camp, une table et deux chaises.

Après la galère poussiéreuse de la journée à retaper la maison, mes pas me guidaient vers l'un des deux bistrots du village pour calmer ma soif.

Le Café du Centre était catholique, le Bar du Progrès ne l'est toujours pas. A cause de ça quelques années auparavant il y avait eu de sévères bagarres entre les deux factions.

Enfin, bref, l'Allemand fut accueilli amicalement et avec une certaine curiosité. On lui offrit le pastis.

Faut savoir absolument, que, si l'on ne veut plus boire ou ne plus être invité, il ne suffit pas de dire « non merci, j'en veux plus », il faut quitter le bar, sortir sans un mot.

A l'époque je n'étais pas au courant, et comme ça flot de pastis, commandé par n'importe qui, ne tarissait pas.

Il me semblait qu'il me fallait passer une sorte de rituel initiatique, un test de fonctionnement.

La dame à côté de moi au zinc m'examinait de ses yeux jaunes et sanglants par dessus son verre de blanc. Elle me demandait si j'étais allemand d'une langue pâteuse, mais en anglais compréhensible.

Son haleine était renversante.

« Yes », je répondis avec politesse, « yes , madam».

Cela lui donnait l'œil torve.

La lady m'attaquait d'un flot de paroles injurieuses, d'une vulgarité impressionnante, elle me qualifiait en anglais de « sale boche, salopard », j'entendais « Coventry », et sa rage enflait.

Cela ne me plaisait pas, pas du tout. D'autant que les autres, au bar, ne comprenaient pas un mot et s'inquiétaient.

Ainsi j'élevais ma voix et criait en français osé comme je le maîtrisais en ce temps-là, que si elle entendait m'insulter il fallait qu'elle s'exprime en français sinon les autres n'en pourraient guère profiter.

Elle ne pipait plus, glissait de son tabouret, réglait son addition et quittait le bistrot d'un pas chaloupé.

Les autres aussi quittaient bientôt l'endroit.

Enfin, moi aussi je voulus régler et vider les lieux, quand le patron murmura sèchement « non » et ferma la porte à clef. Il posa une bouteille de cognac de haute qualité sur le zinc.

« Ne t'en fais pas », dit-il, « buvons au village, buvons à l'Europe ! Il y a toujours et n'importe où des gens perdus pour le monde », ajoutait-il mélancoliquement.

Le lendemain j'appris que l'Anglaise, ancienne prof de maths, mariée à un officier de la RAF en retraite, vivait depuis 5 ans au village.

Tous les deux supportant bien la boisson et au caractère assez particulier, trempés par leurs séjours outre-mer. Des anglais soumis aux traditions strictes : dormir, boire, manger, boire, dormir. Elle du blanc, lui de la bière, au quantités remarquables.

J'entendis plus tard que la lady avait été immédiatement punie pour sa vulgarité : elle s'était cassé la gueule, plutôt le nez, devant la porte de leur maison. Sa blessure semblait pire qu'elle n'était .

À midi le maçon me prit à part et me demanda pourquoi je dépensais tant d'argent pour le pastis au bistrot, me déposa un petit sachet de poudre jaune dans la main et m'expliqua comment préparer la boisson soi-même.

De temps en temps nous prenons un demi ensemble, « pour approfondir l'amitié franco-allemande » . S'il y a du monde au bar, il aime me taper sur l'épaule et me demande en souriant : »alors, mon vieil espagnol avec ton accent arabe, ça roule ? »

Les cafés des grandes villes

En voyageant pour réaliser les rêves de la jeunesse on visite souvent les grands villes aux noms magiques, Alger, Paris, Berlin, Istanbul, Marseille et si l'on y rencontre des amis, on pourrai découvrir leurs cafés préférés dans les quartiers qu'ils fréquentent régulièrement.

Patrick Modiano avec son livre "Dans le café de la jeunesse perdue" a décrit à la perfection un de ces cafés-là et son public à Paris; il arrive qu'on imagine très concrètement l'ambiance, les parfums, les gens différents et les lumières de ce café et on comprend qu'il y a une sorte de caractère universel, une ressemblance avec les autres cafés aux quatre coins du monde:"...ce pouvoir magnétique".

Je connais entre autres un tel café à Berlin, à l'époque c'était une boîte de nuit douteuse dans un quartier équivoque, pas loin d'une petite gare à Charlottenburg, son propriétaire, Pierre Nushem Weishaut, en faisait tourner plusieurs de même style à la Stuttgarter Platz, mais au fil des années le quartier avait changé, était devenu très chic et puis très cher pour la jeunesse dorée berlinoise, les bars ont disparus, ont fermé, il y a des magasins bio adaptés aux besoins des bobos, mais l'ancien boîte de nuit fut rachetée par un collectif de jeunes et est devenue café-bistrot-brasserie pour l'avant garde des artistes, des écrivains, des peintres, des philosophes, des journalistes d'un quartier devenu top. Un must, il faut le fréquenter pour voir et pour être vu. Depuis de longues années il y a une bande qui se rencontre au 'Lentz' au moins chaque vendredi soir. Il est vrai, il n'est plus permis de fumer, mais la consommation des boissons alcoolisées reste élevée. Les membres de cette bande, femmes, hommes, ont pour la plupart dépassé les 40 depuis longtemps, bien sûr qu'on a connu Cohn-Bendit et les membres der la Kommune I aussi, mais on ne parle pas trop souvent d'une révolution. Et comme dans chaque groupe il y a le chef de bande, les admirateurs et les féministes belles et têtués, les philosophes à col blanc, les blagueurs, tous ayant réussis, locuteurs ou   propriétaires d'un appartement haussmanien du quartier bien retapé et assez vaste, jeunes pour toujours.

Ils ne sont pas perdus pour le monde, ils sont restés des anciens combattants de rue et ils gardent l'esprit pour un avenir radieux de l'humanité, prosit, à la vôtre: Marie, un autre verre, je voudrais devenir un brave citoyen.

Oui, déjà vu, déjà entendu, déjà senti, déjà vécu. Je les connais dans leurs cafés n'importe où au monde en relisant Modiano; de temps en temps je fais de beaux rêves de ces temps perdus.

L'habit fait le moine

C'est souvent que nous en avons parlé : le côté matériel de la vie au sud peut poser quelques problèmes, surtout si l'on n'est pas habitué à se permettre l'achat de vêtements comme ceux des parisiens.
Ça coûte cher, c'est inutile et ça dérange les voisins du village.
Vaut mieux s'habiller à la fripe.
Un de ces jours Artur et sa belle furent invités pour un apéro-repas par des gens placés, nouveau venues et bien parvenues.
Bonne idée, trouvait Artur, mais, vois-tu, je n'ai pas de veste pour un tel événement !
Mais, quelle chance, cherchant à la friperie il trouvait une veste de rêve : de bonne qualité, taille correcte, couleur convenable et – pas chère.
Il achetait la veste, la portait au pressing et puis se présentait fier et bien peigné à l'invitation.
Avec un bouquet de fleurs, bien sûr.
La soirée se déroulait agréablement. Des boissons rares, des amuse-gueules choisis et des conversations consensuelles jusqu'au moment au monsieur palpait la veste d'Artur, hochait la tête en admiration et disait à son épouse : jolie veste, n'est-ce pas, très bonne qualité, mes compliments, ça me plaît, ça me plaît beaucoup.
Chérie, est-ce que tu voudrais me chercher la mienne de l'armoire, s'il te plaît ? J'ai la même, tu l'as choisie pour moi et ensemble nous l'avons achetée aux Champs-Élysées il y deux ans à peine, tu te souviens ?
Madame pâlit.
Visiblement nerveuse elle allait choisir une musique et avec le sourire elle servait à nouveau du blanc rarissime à tout le monde.
Tu penses à ma veste ?   Monsieur demandait avec une certaine impatience un peu plus tard.
Je n'arrive pas à la trouver, répondait Madame, peut-être que je l'ai

portée au pressing, ou – oui, non – je l'ai donnée au secours catholique ou à la croix rouge, pour l'instant je ne sais plus…

« Je ne crois pas aux fantômes », Artur souriait en fermant sa veste précieuse, « mais je les crains. »

« Merci, merci pour cette soirée charmante », ajoutait-il, « et à très bientôt ! »

Liberté, Fraternité, Égalité

Il y a quelques jours, nous étions à Uzès pour faire quelques commissions dans un supermarché en centre ville. Nous n'y étions pas les seuls clients, il fallait faire la queue à la caisse.

Devant nous une maman avec son chariot plein et à l' avant du chariot son petit garçon, de trois ou quatre ans. Devant cette maman, visiblement un peu stressée, attendait patiemment une jeune dame. Mais le petit s'amusait en touchant assez fort et assez régulièrement avec ses petits pieds le dos et les fesses de la dame.

Celle-ci se retournait après avoir reçu quelques chocs et avec un sourire un peu forcé, poliment et très à la française elle demandait à la maman de bien vouloir faire comprendre à son fils qu'il arrête son activité.

Maman n'était pas amusée du tout. « Je ne peux pas dresser mon enfant comme un chien », répondait-elle furieusement, « c'est sa liberté d'agir, de se développer et de comprendre ; et c'est ma liberté à moi de mener son éducation sans le forcer à faire des choses qu'il ne peut pas accepter, savez vous ! »

La dame haussait les épaules hochait la tête et avançait dans la queue.

Derrière la maman un autre client, un homme âgé de 30 à 35 ans, sortit la confiture d'oranges de son chariot, ouvrit méticuleusement le bocal, avança un pas et secoua le contenu sur la tête de maman.

Totalement stupéfaite celle-là touchait sa coiffure, regardait sa main pleine de matière sucrée et se tournait en slow motion vers le client derrière.

« C'est ma liberté d'agir, madame », sourit l'homme, « moi aussi je suis encore en état de développement et de compréhension. »

La bagarre suivante fut horrible, faut pas le raconter.

Bon bref, le responsable du magasin parut au scène, confisqua les deux chariots – sans l'enfant, par di – et raccompagna avec une politesse forcée et décidée maman, son fils et l'homme en dehors. Comme un procureur de la république il déclara l'interdiction formelle de ne plus jamais rentrer au magasin pour tous les trois.

La fin de l'épisode reste dans l'ombre.

Vive l'Europe

En 1983, quand nous avons acheté courageusement cette ruine dans un village du Gard, la parole de notre maçon à l'époque était toujours: »tout est faisable, ne t'inquiète pas ! »
Et c'est vrai, il a retapé la maison à merveille pendant deux ans, un maçon qui maîtrise son métier. De temps en temps, il passe nous voir pour prendre un café ou un verre et raconte sa vie ; nous sommes devenus des amis.
Notre belle maison est déclarée comme résidence secondaire, c'est-à-dire que nous réglons tout ce qu'il faut, les taxes, les assurances, l'EdF, etc., mais, dans le respect de la loi, nous restons moins de 6 mois et un jour par an. Nous ne sommes pas des résidents permanents, nos revenus proviennent de l'Allemagne, mais ils sont dépensés surtout en France.
Un jour nous avons eu envie de réaliser quelques modifications dans la maison : une autre chambre, une porte vitrée coulissante sur la terrasse, bref, des travaux demandant encore l'intervention de notre maçon aussi célèbre que doué.
Pendant le temps des travaux, nous avons pensé louer un appartement à Uzès.
Personne ne peut imaginer les « châteaux espagnols » que nous avons visités.
Finalement nous avons décidé de nous adresser à l'une des très nombreuses agences à Uzès.
Bien sûr, il faut prendre en compte les frais d'agence, bien sûr, il faut déposer quelques documents tel que facture EdF, copie de la carte d'identité, preuves de revenus et de taxes etc.
Bref, nous avons fini par trouver un joli appartement grâce à une agence.
Après 10 jours d'attente (contrôle du dossier !) on nous informe en réponse à nos questions par téléphone, que le responsable de la

centrale de l'agence, (une compagnie d'assurance), aurait déclaré, 'que notre dossier n'est pas bon'.

Bingo.

Normalement je me considère comme un homme paisible et poli, mais cette information cinglante m'a fait sortir de mes gonds.

Par émail j'ai demandé à la centrale, ce qui n'était pas 'bon' dans notre dossier.

La réponse arriva assez rapide, expliquant, qu'il ne s'agissait pas de discrimination de leur part, que, comme on le savait, les assurances n'étaient pas connues pour leur flexibilité et enfin, 'pour répondre de manière directe à ma question principale', l'assurance demandait 'à ce que les revenus soient perçus en France. Car en cas d'impayés, ils ne pourront pas saisir de revenus émanant d'un tiers pays.'

Il faut savoir, que j'avais proposé dans mon email de régler six mois de loyer à l'avance et que j'étais prêt à donner des preuves de notre orientation religieuse et de notre couleur de peau, et des preuves aussi que nous n'étions ni des SDF, ni chômeurs, mais des citoyens retraités d'un pays étranger, - l'Allemagne, appartenant à l'Europe tout comme la Roumanie - et que notre maison et notre voiture étaient assurées en France et que j'attendais des arguments honnêtes de leur part.

Pas de réponse, pas de contrat, pas d'appartement par l'agence…

Mais comme le bon Dieu aime les simples d'esprit :

Nous avons trouvé un appartement par un particulier ouvert, généreux, confiant, humain quoi.

Dans le même immeuble, dans le même couloir, presque au même loyer et sans les frais d'agence.

La vie est belle, merci pour le beau soleil, c'est peut-être qu'un jour la France donnera le socialisme au monde.

Tout est faisable.

Qui, comme Ulysse, a fait un beau voyage…

…celui peut raconter des histoires.

Alors, cette fois-ci nous sommes partis pour l'Espagne, Madrid et puis Tolède, et comme il vaut mieux de faire des choses en pas laissant tomber des autres c'était pour l'opéra, Teatro Real (pas réal en français, mais royal en espagnol !) à Madrid.

Bien sûr il y a eu 'Orphée et Eurydice', en version récital.

Et bien sûr avec Juan Diego Florez, qui chantait pour la première fois l'Orphée.

Sa voix mérite les plus longs voyages, les plus grands efforts, elle est divine.

Mais attention les billets. Que personne ne croie qu'on arriverait les commander en avance par téléphone ou par Internet. Non, uniquement par une agence à Paris qui les envoie à l'hôtel où on va loger. Oui, certainement il faut régler en avance, certainement l'agence propose des hôtels cinq étoiles…

Faut choisir, mentir ou mourir ! Le théâtre même n'accepte pas une commande que trois semaines en avance ! Mais comment savoir – si l'on a au moins la chance de recevoir un billet, et qu'on arrive-t-on encore d'acheter un billet d'avion ?

Est-ce qu'on appelle cela la mondialisation ?

Tout le monde coopère, une main lave l'autre…

Bon, bref, nous avons accepté leurs propositions, réglé la facture exorbitante de l'agence après avoir acheté un billet d'avion et trouvé un hôtel de notre choix.

Imaginez : tout marchait parfaitement. Un joli hôtel, une lettre avec nos billets à la réception et le lendemain soir l'opéra. C'était charmant, c'était exceptionnel.

La vie est trop courte pour boire du mauvais vin.

Puis nous avons changé notre logement, cette fois-ci pour un appartement trouvé à l'Internet, bien équipé mais situé à une route principale et aux murs très particulièrement colorés : le salon en orange, la chambre en rouge.

Comment dit Goya, mon peintre espagnol préféré ? « On apprend chaque jour ! »

Et puis la ville ; Madrid ! Une ville infernale, vivante, brouillante, pleine d'exotisme et de jamais vu. En centre ville des péripatéticiennes de chaque âge, vraiment partout, souriantes et de bonnes mines.

Et les musées ! Le musée 'Reina Sofia' comme exemple, de l'art moderne après le fascisme espagnol. Il faut voir 'Guernica' de Picasso et tant d'autres tableaux – une journée ne suffit pas.

A la grande place devant le musée il y a eu ce qu'on appelle un 'événement' : une surface d'un demi-terrain de foot plein de coquelicots artificiels.

De l'art ?

Non, la promotion d'un célèbre producteur de parfum.

Et des jeunes dames élégantes vêtues en noir offraient un coquerico à chaque flâneur, et l'air était fortement trempé de l'odeur extrême du parfum.

Le pavot aussi est une fleur.

Et le tout accompagné par les sirènes new-yorkaises de la police madrilène.

Dans les églises et les musées de Madrid on pourrait retrouver son bien-être, calme, et puis on pourrait prendre le train pour Tolède pour y retrouver des traces historiques d'une tolérance religieuse dans la synagogue séfarade , devenue musée, elle aussi.

« Les beaux jours d'Aranjuez sont maintenant passés », Don Carlos – mais heureusement Miles Davis joue encore le concert, au moins.

Magret de canard

Normalement j'ai l'habitude de préparer nos magrets de canard à la poêle, j'arrive ainsi à le cuire bien croustillant et à point, mais après notre déménagement et le retour dans notre maison retapée et équipée d'une cuisine neuve et moderne, j'ai pris la décision de cuire le magret dans notre four très sophistiqué.

Tout le monde sait que ce sont les lâches qui étudient les manuels, tout le monde croit savoir comment un four moderne fonctionne, alors j'ai allumé le four et bien surveillé la cuisson; le résultat fut satisfaisant, quand même.

Ce four moderne dispose d'une fonction 'pyrolyse', c'est- à- dire nettoyage automatique avec une consommation de courant électrique énorme pendant une heure. Pourquoi pas? Je l'ai allumé, ça sent, ça pue, ça travaille. Après une heure, le four ouvert, tout à l'intérieur était plein de graisse, de saleté énorme. Pourquoi? Ma belle et tendre, le manuel à la main, me sourit d'un air narquois. Il fallait sortir tous les accessoires amovibles, avant que tu mettes en marche la pyrolyse, mon vieux! Sinon tout va pourrir à jamais!

Bon bref, j'ai sorti - après le dîner - tout l'équipement du four, et, croyez moi, j'ai nettoyé à l'aide d'une éponge grattante pendant 3 (trois) heures, y compris l'intérieur de notre four moderne, les accessoires et je suis arrivé à le rendre comme neuf.

Vaut mieux étudier les manuels avant la mise en marche. C'était plus facile jadis.

La lecture forme l'esprit

Notre amie Kirsten est parfaitement informée des mœurs des familles nobles en Europe et dans le monde : Qui est lié avec qui, pourquoi et pourquoi pas.

Elle est bien au courant des horoscopes et elle connaît des recettes étonnantes et raffinées.

De plus elle maîtrise un Français très éloquent et riche, même si sa prononciation et son accent restent particuliers.

Tout cela étonne pas mal de gens, parce qu'elle ne possède pas de télé et que personne ne l'a jamais vue prendre part aux cours à l'Université Populaire pour apprendre le Français .

D'accord, un jour elle a traduit « petit muguet » (aspérule odorante) en Allemand comme « Waldmeister », en Français : « maître de la forêt ».

Un autre jour, à une question amicale sur sa vie conjugale, elle avait répondu avec une colère noire, quelle ne mangeait pas de viande, surtout pas de « gigot » d'agneau. Mal compris, cela aussi arrive.

René un jour a découvert le secret de Kirsten, en la rencontrant au container papier place du 8.mai.

Avant de jeter ses journaux, que Kirsten portait dans son sac de lin déchiré, elle plongeait son bras profondément dans le container et en sortait soigneusement des magazines colorés et illustrés, les empilait correctement de côté et puis les posait dans son sac vidé.

Questionnée par les autres sur ses intentions, Kirsten rougit discrètement.

« Je ne vais pas acheter cette espèce de pourriture et de débilité », elle sourit, « il faut le jeter après, n'est ce pas ? »

Maintenant on connaît la source aussi des belles photos d'animaux dans son appartement, de sa profonde connaissance de l'astrologie et aussi de son vocabulaire ménager et de ses recettes formidables: de Marie France, Marie Claire, Elle, Geo, Cosmopolitan, et cetera :

La 'culture' recyclée.

La maîtresse noire

Déjà quand il était gamin il rêvait de posséder cette belle créature, laquée noire, aux formes parfaites, une Peugeot 203 de l'année 1956. Et parce que les automobiles en français sont féminines, comme la Peugeot, la 203, il l'a spontanément considérée comme sa maîtresse, après l'avoir achetée d'occasion, un bon prix dans un village sur la route nationale d'Avignon.

Naturellement ça provoquait parfois quelques malentendus quand il demandait une bâche pour envelopper sa maîtresse noire ou des sangles pour attacher la bâche, eh bien, les malentendus se dissipaient rapidement avec un sourire, et dans la plupart des cas on lui disait respectueusement « ah, une 203, belle bagnole, nous avons fait notre voyage de noces avec ! », ou, « mon père, mon oncle, mon frère… ont eu la même ! » .

Celui qui est le possesseur d'une telle voiture est tenu de la traiter avec respect et considération et surtout de la conduire avec empathie.

Les premières épreuves surviennent juste l'achat conclus.

Le garagiste avait juré ses grands dieux que pendant son service militaire en Algérie il avait sous sa responsabilité la conduite et l'entretien d'une 203, donc de ce fait il garantissait, Monsieur, que la voiture était im-pecc-able et l'officier à l'époque d'ailleurs était toujours très content d'elle et du soldat. Avec cette voiture aucun problème.

Et, comme un très grand camion s'approchait à toute vitesse, le mécanicien avait hurlé : « En route, allez vite ! Partez ! »

On imagine les jurons proférés par le camionneur, parce que personne ne passe trop rapidement les vitesses ni n'accélère à fond avec une 203. Arrivé à la première station il fallait prendre de l'essence (du super, bien sûr) ; le marchand n'avait offert que le strict nécessaire pour que la voiture emporte son nouveau propriétaire hors de son territoire.

Mais, hélas, le moteur toussa à la première tentative de redémarrage.
Il fallait obligatoirement régler l'allumage et les vis platinées.

Pour celui qui a déjà possédé des voitures anciennes c'est un jeu d'enfant: un pionnier n'oublie jamais.

Pour avoir la fierté de présenter la belle noire à son ami Michel il devait prendre une route de montagne le jour même.

Parvenu là-haut, toute la bande insistait joyeusement pour examiner le moteur et trôner au volant.

Mais après un petit café, la pluie se mit à tomber doucement. Convaincu qu'il maîtriserait facilement les 23 km jusqu'à son village, il prit la route courageusement avec le sourire.

En chemin – qui connaît la route de Bagnols à Uzès le sait – des virages en lacets en pente raide sans visibilité et maintenant cette pluie diluvienne demandèrent toute sa concentration…

Un des feux stop était (aujourd'hui encore) hors d'usage ; les essuie-glaces rhumatisants et il commença à douter que les freins fonctionnent.

Il se rassurait en pensant qu'en cas d'urgence il lui restait le frein à main et qu'après tout un parapet le séparait encore du gouffre.

Arrivé à Uzès sans dommage le soleil brillait merveilleusement et il aperçu le mari de Susanne installé au Café de l'esplanade qui l'invita à boire un verre.

Devant ses mains tremblantes il le convainquit de descendre à la mer en 203 pour se détendre.

En tournant le dos au crépuscule puissant du sud, ils cinglèrent vers la Camargue.

Comme les vieilles voitures sont sensibles, il faut se concentrer sur la conduite et les bruits de la mécanique.

Ainsi il ressentit de l'irritation lorsque Pierre lui demanda s'il avait remarqué les éclats du soleil sur le rouge à lèvres des femmes qui roulaient en sens inverse, plus bouleversant qu'au cinéma ou à la télé.

Il répondit qu'il ne pouvait pas faire attention à ce phénomène :
Une maîtresse comme la 203 exigeait un don de soi total, sinon elle
pourrait se venger.

Mémento mori

Oui, comme à Rome les empereurs, eux aussi, ont souvent reçu des gladiateurs le message: « mémento mori », pense, que toi aussi tu va mourir.

Et encore une fois l'imbattable Woddy Allen, qui dit qu'il n'a pas peur de sa mort, mais qu'il souhaite de ne pas être à la maison quand elle arrive.

La mort fait partie de la vie, n'importe où, n'importe quand.

C'est aussi pourquoi nous aimons bien visiter les cimetières pendant nos voyages, soit à la campagne, soit dans les grandes villes : des lieux de contemplation, du calme et de l'ombre qui méritent bien que l'on s'arrête, qu'on réfléchisse et qu'on se souvienne…

Prenons les grands cimetières de Paris, de Madrid, de Berlin, de Genova – on y pourrait passer des heures en regardant les anges de pierre, les tombeaux et les êtres humains qui s'y trouvent.

Pour découvrir un autre aspect charmant du Languedoc-Roussillon on peut facilement entreprendre de petits voyages, de préférence en voiture décapotable et lente comme une 2CV par temps ensoleillé sous un ciel bleu et s'arrêter de temps en temps à l'ombre du mur d'un cimetière villageois.

Dormir, dormir, peut-être rêver …

Pour commencer, je vous propose une visite des cimetières de Montaren ou de La Calmette dans le Gard.

Surtout à La Calmette, il y en a deux qui communiquent.

En se promenant sous les grands arbres vous allez tout à coup découvrir deux stèles de tombeaux peint en blanc avec des étoiles rouge de l'URSS et les dates de deux jeunes soldats soviétique qui ont perdu leur vie. Toujours 'garni' par des fleurs fraîches.

Et le passé se lève.

De quoi s'agit-il, quelle histoire se cache derrière ces tombeaux ?

Pas de chance à la mairie de La Calmette, personne ne semble au courant. Aucun archive n'existe.

« Mais il y a un habitant qui connaît les circonstances… ».

Constatant que nous sommes des étrangers, monsieur refuse toute information. Dommage.

L'autre facette, le contraste, ce sont les grandes nécropoles, comme à Madrid.

Là aussi on peut perdre son chemin si l'on n'a pas son ange gardien à côté qui veille.

Un de ces jours nous lui avons poliment demandé pourquoi sur certains chemins on ne retrouve que ses traces de pieds et pas les nôtres.

« Parce-que », avait il sourit, « parce que vous étiez tellement émus et faibles qu'il me fallait vous porter. ».

Mets de l'huile

O, la cuisine française, les légumes, les produits frais, les herbes, l'ail, quel délice !

Et l'huile d'olives – surtout dans le Gard : l'or liquide pour la préparation de bons plats.

On ne l'achète pas au supermarché, jamais. Il y a des moulins à l'huile aux environs et présents aux marchés. Faut soutenir les producteurs et déguster la source originale.

En plus, Nîmes s'est déclarée comme capitale des oliviers.

Quelle bonne surprise, d'avoir trouvé un jour une petite affiche écrite à la main et affichée à côté de la porte de la maison d'un vieil agriculteur du village : « L'huile d'olives, 9 € le litre ».

Tiens, tiens, la crise fait renaître les bons temps ! De l'huile du producteur, on va en acheter, pas de doute.

Madame et Monsieur nous accueillaient bien chaleureusement, nous présentaient les photos de leurs enfants et leurs petits-enfants, nous offraient un verre et avant de descendre dans sa cave, Monsieur expliquait que la quantité minimale serait de trois litres. Pourquoi pas.

Quelques instants plus tard il retournait au salon avec un bidon rempli de trois litres d'huile d'olives d'une couleur dorée et le posait –sur un vieux journal – sur la table.

Puis, de la profondeur de sa salopette, il sortait un bouchon en plastic vert, le modèle industriel, avec fermeture de sécurité, fermait le bidon, et de l'autre poche tirait un autocollant en le fixant délicatement.

Il s'agissait du nom et l'emblème d'une très grande entreprise d'huile d'olives de la région, connue qu'on se sert des olives de l'Espagne pour la production de l'huile chez eux.

Et maintenant ?

Monsieur sourit. Oui, son fils travaille comme contremaître dans cet établissement, et lui, son père, faisait une petite affaire en vendant quelques bidons.

Oui, nous avons acheté les trois litres. Quand même.

Faut pas avoir trop de préjugés.

Des mœurs et des coutumes

« If you are in Rome, do as the Romans do ! », bon conseil pour tout le monde, les touristes, les vacanciers, les cosmopolites et les propriétaires de résidences secondaires.
Mais qui construit sa vie avec proverbes ?
Chacun se sent libre de faire ce qu'il veut.
Prenons comme exemple ce monsieur venu d'un pays voisin, qui maîtrise parfaitement le français, qui s'est installé et intégré depuis des années dans un village près d'Uzès.
Toujours bonne mine, bon humour, parfois accompagné de son chien, il fréquente le marché et il aime bavarder et rigoler avec les commerçants et les connaissances qu'il rencontre.
Un flâneur bon vivant.
Un de ces jours de marché nous l'avons rencontré par hasard devant le stand de son marchand de fromages préféré.
Il flirte avec les vendeuses, admire le choix de fromages et, une des vendeuses s'enquérant de ses désirs, il répond en souriant : »comme d'habitude. »
Pourquoi pas. Comme d'habitude.
Mais comme les vendeuses servent plusieurs centaines de clients par jour de marché – est-ce qu'on peut attendre sérieusement qu'elles sachent par cœur quelle habitude est l'habitude de tel ou tel monsieur ?
Certainement pas.
Mais une bonne vendeuse est diplomate, et les yeux brillants elle répond : »Le Roquefort, n'est-ce pas, Monsieur ? »
« Mais non », répond notre flâneur, « le Cantal, Mademoiselle, le Cantal de 18 mois, comme d'habitude, n'est-ce pas ! »
« Bien sûr, Monsieur, le Cantal de 18 mois, oui, comme d'habitude ! »
Et Monsieur est servi.

Bon Dieu, j'aimerais avoir la confiance qu'il possède, une si haute estime de soi-même, mais hélas, moi, je n'ai pas l'habitude.

« Si tu manges de la salade après 18 heures, ça va pourrir dans ton estomac ! Cela n'est pas bon du tout pour ta santé ! », proclame-t-elle visage et la voix très importants et ésotériques, « et sinon, que tu n'achète tes fruits et légumes que chez Moffat, le seul et unique producteur bio sérieux du marché, c'est Moffat ! »

Moffat, pourquoi pas, mais qu'il vende un peu moins cher ses produits, et de temps en temps Moffat n'est pas présent au marché, je m'en moque, mais j'avoue que je suis profondément impressionné d'une certitude si ferme et fondamentale. Que veut-elle donc, au juste ?

Faut pas oublier qu'il y a des gens qui ont encore d'autres habitudes : en quittant leur maison de vacances en location c'est sûr et certain qu'ils vont oublier le filtre usé dans la machine à café.

Pas oublier non plus 'le camarguais', un anglais d'âge moyen qui s'habille en bottes, pantalons gardian, chemise et qui porte – surtout – un chapeau camarguais noir.

Un jour du marché un pote claironne du café : 'Hey John ! Que tu ne te fatigues pas trop ! Tu reste bien anglais !'

Le chevalier reste muet et paye : autres pays, autres habitudes : Rome est loin, mais je vais y réfléchir.

La petite différence

C'est sûr et certain, les êtres humains sont différents, c'est une lapalissade – heureusement!

Quand même, cette variété peut inquiéter le flâneur universel de temps en temps.

S'agit-il de copies de films, ou est-ce que certains gestes et comportements viennent du fond du cœur – qui sait ?

Au moins un certain regard peut former une manière d'éviter le stress et la dépression tendancielle : regarder, s'étonner et continuer sa vie en apprenant...

Une des amies de Hans par exemple, une femme un peu sauvage quand même, bien installée dans son boulot, le cœur et les yeux ouverts, française du sud, elle adore un chanteur, comment dire, un peu vieilli déjà, un rocker du temps perdu des harley-davidson.

Elle dépense énormément de sous pour assister à ses concerts qui - bien sûr – attirent les foules intergénérationnelles.

Elle collectionne ses disques, les plus anciens, les plus précieux.

Elle sait chanter ses mots et elle arrive à copier ses gestes comme une poupée de chiffon de bonne volonté.

Pourquoi pas.

Qui suis-je, se dit Hans, pour connaître la vie et la vérité ?

Qui suis-je pour argumenter ou pour juger ?

L'un chante, l'autre pas !

Mais la belle s'enchante pour un autre truc assez bizarre : sur la route elle se laisse doubler avec un   plaisir étrange par les donneurs d'organes, les motards fous à vitesse infernale: en dépassant, *la plupart remercient les pauvres automobilistes en saluant avec le pied droit.*

Ce geste la rend folle. Elle sourit et crie de joie et d'amusement.

Une autre belle journée de gagnée.

Si j'étais, pense Hans, si j'étais un motard, tard, trop tard.

L'oisiveté est la mère de tous les vices

Pas mal de ceux qui – peu importe de quelle nationalité - se sont installés au sud, disons dans le Gard, ne l'ont pas fait pour dépenser illégalement leur argent noir ou pour jouer le petit nouveau riche en campagne. Ils ont essayé de réaliser un rêve de jeunesse : vivre dans le pays de leur amour, abandonner le stress des grandes villes européennes, fuir l'ignorance, le blasphème, l'hypocrisie et l'intolérance, sans le poison de la télé, pour grisonner tranquillement dans la dignité et l'harmonie.

Beaucoup d'entre eux ont épargné de très longues années ou bien contracté des crédits, pour pouvoir acheter une petite demeure à retaper.

Mais rien n'est plus comme avant, la vie est devenue chère, très chère. Passé le temps des roses et de l'insupportable légèreté de l'existence. Personne ne rêve plus au long des saisons en regardant les étoiles et en buvant du rouge accompagné d'une baguette et d'un bon camembert en sifflant 'le métèque' de Moustaki après les amours au bord de la méditerranée.

Faut obligatoirement trouver une possibilité de toucher quelques sous, pas pour vivre mais pour survivre.

Alors, que faire ? Bien sûr les moyens sont insuffisants et l'indélicat jeu à la bourse n'avait jamais correspondu à l'orientation humanitaire. Alors quelques-unes de ces âmes perdues et abandonnées du monde ont construits des mazets ou des appartements pour les louer aux vacanciers.

Ça peut marcher, ça peut rapporter un peu d'argent si l'on arrange les affaires semi-professionnellement, par Internet ou par des petites annonces, mais attention, en plus de l'investissement – la construction, l'aménagement, l'EdF etc., ça demande un vrai travail.

Les locataires demandent à être accueillis chaleureusement, ils demandent les draps de lit, les serviettes – le tout.

Pour devenir un bon loueur de maison de vacances tu dois devenir patient, courageux, gentil, et travailleur.

Et cela de temps en temps peut demander un petit changement de caractère. Vu la variété du public, il est fortement recommandé de se munir des phrases standardisées, par exemple : « Quel bon vent vous a soufflé vers nous ? »

Aucun de vos locataires ne se rend compte que vous répétez cette phrase régulièrement pendant l'été, et que chaque départ signifie votre présence, le ménage à fond de votre établissement et une autre courtoisie : « Bonne route, soyez prudents et merci pour votre visite, peut-être à l'année prochaine ? »

Bon bref, la galère du ménage, la déformation professionnelle d'un entrepreneur, mais les euros en poche, enfin voilà.

Faites gaffe : Il y a d'étrange locataires, les pinailleurs, 'les chercheurs de fautes' qu'on les appelle entre amis. Ils critiquent, ils trouvent de la poussière derrière l'armoire et – trop bête pour trouver l'ouvre-boîte dans le tiroir, ils en achètent un autre, modèle camping et, hélas, ils te présentent la facture (€ 1,35) avant leur départ. Et le ciel pleure.

Une touriste la plus pénible un jour avait laissé une lettre bizarre de onze pages de critiques et ses propositions comment faire mieux dans l'appartement.

Ce sont les soirées où l'on est de nouveau convaincu fondamentalement qu'il ne faut pas vivre pour travailler - vaut mieux l'inverse. Mais doucement, petit à petit, si vous voulez bien.

Et par un hasard heureux, comme solution imprévue, un vieux copain vient te chercher pour l'accompagner faire un tour à la campagne. Personne ne le comprend, mais sa voiture est équipé d'un appareil 'trouve chemin' électronique. Tu jettes un coup d'œil timide sur l'écran et t'arrive à décrypter 'paradis'.

En souriant tu lui donnes l'ordre : 'prends la prochaine à gauche !', mais il t'explique que Roger Paradis n'est que le nom du propriétaire

d'un moulin à huile à Martinargues .
Alors, on y va.

On the road again (le salaire de la peur)

Non, je n'ai pas de préjugés, mais ils se manifestent de nouveau chaque jour.

Surtout en parcourant régulièrement certaines routes dans le Gard.

Prenons la D 979 entre Nîmes et Uzès.

Bien entendu, je n'ai plus vingt ans depuis longtemps, et en plus je connais cette route depuis des lustres et par tous les temps : Les virages et le pont St.Nicolas – je pourrais y conduire les yeux fermés.

Que l'on soit l'heureux propriétaire d'une résidence secondaire ou juste un vacancier – normalement on roule en voitures étrangères, aux plaques pas françaises, disons allemandes.

Imaginons une de ces personnes se rendant ainsi à Nîmes.

Sur la route les jeunes cadres aux normes et les jeunes loups aux dents longues dans leurs carrosseries qu'ils ont désespérément tenté d'individualiser.

Toujours en compétition avec des jeunes au crâne rasé et aux casquettes à l'envers.

Jusqu'en novembre dernier j'étais convaincu qu'une plaque étrangère incite les gens du cru à doubler, parce qu'ils sont pressés et pas d'humeur contemplative comme des touristes.

Peut-être avec un grain de xénophobie pour montrer qui est le patron sur la route.

Mais tout le monde roule de la même manière : des paysans, des prêtres, des artisans, des commerçants que ce soit en bagnole rouillée ou en 4x4 chromé.

Nous avons fait la connaissance d'un couple danois qui évite strictement de se rendre à Nîmes par la corniche gardonnaise.

Stressés, ils prennent depuis des années l'autoroute de Remoulins à Nîmes, un détour d'au moins 25km, pour éviter des sueurs froides.

Mais nos préjugées ont fondus comme   neige au soleil : pendant plusieurs semaines nous avons roulé en voiture de location. Une voiture bien française et bien immatriculée 30(Gard).

La même musique !

Il y a des chauffards qui veulent pénétrer dans ton coffre.

Vitesse trop élevée, pas de respect des distances, dépassement en plein virage…

Notre ami Thierry, marié à une allemande et père nous a expliqué le cas : Rien à voir avec provocation ou xénophobie, absolument pas.

(Si tout cela t'en-rage, te stresse – pourquoi tu reste ici en France, si tout cela ne te va pas ? Pourquoi tu ne retournes pas chez toi si tout va tellement mieux dans ton pays ? --- Ce n'est pas que je critique !

Le Gardois aime jouer et montrer qu'il n'accepte ni Dieu ni maître, que les temps ne sont pas faciles et qu'il est fier de sa liberté de penser et de conduire comme il lui plaît. N'ayez pas peur ! Ils sont gentils !

« Pourquoi penses-tu qu'on publie les emplacements des radars à l'avance dans les journaux, dans le 'Midi Libre' ? » sourit-il.

« Parce que le midi est libre, mon vieux, et c'est un jeu de jouer avec la liberté, même s'il s'agit de la liberté de tuer soi-même ou un autre. Faut pas clignoter dans les giratoires et – qu'on lève le pied avant les radars ! ».

Bon bref, la conclusion est simple : que le meilleur gagne ! En cas de doute : « Ce n'était pas moi – c'était la faute d'un arbre au bord de la route ! »(Faut les arracher !).

Si jamais il y a un trop pressé derrière nous, je m'arrête doucement dans un espace au bord de la route et je le laisse passer en souriant. On ne peut pas exclure, qu'il s'agisse d'un toubib en urgence, du père noël ou d'une femme en train d'accoucher : « Cette certitude d'avoir raison qui, à mes yeux, est le signe infaillible de l'erreur. » (Jean Rostand).

De temps en temps c'est la passion longtemps vaincue d'un chauffeur de course qui me reprend. J'accélère au point des virages et je les coupe avec élégance, laisse venir et accélère de nouveau, bon sang. « Y a-t-il quelqu'un qui te chasse ? » me demande ma jolie épouse aux yeux brillants et joliment pâlie et elle se tient fermement à n'importe quel crochet.

Ceux qui aiment éviter des problèmes de circulation savent bien que prendre le volant en France entre midi et quart et 14 heures peut ouvrir le paradis : tout le monde est parti à table, à la bouffe, à la maison ou au restaurant. Les routes t'invitent à rouler comme un touriste.

Post scriptum :

Devenir enfin membre de la société gardoise, immatriculé 30, n'empêche pas les surprises :

Le mercredi il y a le marché des producteurs à Uzès, et on y fait ses courses pour la semaine. Vaut mieux s'y rendre de bonne heure pour arriver à se garer confortablement, il y a pas mal de circulation.

Arrivé au rond point je laisse passer ceux qui sont engagés et j'attends en sécurité et avec patience pour avancer, quand un klaxon furieux derrière moi me dérange.

Il était 10 heures moins le quart.

Alors je descends de ma voiture pour voir ce qui se passe derrière moi. Peut-être que mon tuyau d'échappement est en flammes ?

Alors que je souris à la dame au volant de la belle voiture derrière moi, elle me coupe déjà la parole et m'engueule : « avancez, vite, avancez, monsieur ! Dépêchez-vous ! »

La dame était une commerçante d'Uzès, bien connue et sans doute fortement pressée d'ouvrir son magasin. En plus on se connaît – elle vit dans le même village que nous. Les voitures en queue derrière commençaient aussi à klaxonner avec ardeur.

Alors, raisonnable, j'ai continué mon chemin et on a trouvé un parking.

Puis, au Café, je me suis souvenu de mon éducation et j'ai acheté des ballotins de chocolat dans un magasin en face du sien.

Agrafé de ma carte de visite et de quelques mots de remerciement pour la patience, la tolérance et la compréhension de madame je le lui ai offert.

Une correction irréprochable, une excuse pour des fautes qu'on n'a pas commises. Espérons qu'elle a passé une bonne journée.

Généralement je préfère risquer ma vie pour une femme que pour la patrie, mais il y a quand même des limites.

Opéra mundi

Il y a des gens qui vont aux variétés juste pour voir tomber le funambule de la corde et d'autres vont à l'opéra pour entendre le chanteur vedette rater son aria, mais il y a aussi des vrais amateurs qui – à la mesure de leur temps et de leurs moyens – suivent leurs artiste préférés pour se délecter de la beauté des voix.

Un de ces jours en février Roberto Alagna deux représentations de 'Orphée et Eurydice' de Gluck au Corum à Montpellier.

La mise en scène par le frère de Mr. Alagna fut un peu étrange et inattendue : de vraies automobiles, un accident de la route…il fallait s'accoutumer, s'arranger, mais un spectacle d'opéra, des voix à tomber à genoux et pleurer d'émotion, surtout –comme toujours- l'aria « j'ai perdu mon Eurydice ».

Avouons-le, parfois le public peut avoir un effet indésirable sur le plaisir : L'art c'est, prendre rendez-vous avec son coiffeur avant le spectacle pour un permanent bleuet et sortir ses bijoux brillants, le collier de 50 ans de mariage et un parfum envoûtant : l'opéra pour observer, se montrer et être senti…

Parfois il vaut mieux fermer les yeux et le nez et écouter.

Nous étions quatre, une de nos amies une cantatrice de formation, néanmoins devenue plus tard mère au foyer et éducatrice, qui ne chante plus souvent.

Si l'on quitte le Corum, on peut descendre par les escaliers pour arriver au tram.

A droite des escaliers, en r.d.c du Corum, il y a les garde-robes vitrées des artistes.

Malheureusement l'architecte et son équipe n'ont pas mis les vitres dans le bon sens : De l'extérieur on peut regarder ce qui se passe dans les pièces,à l'intérieur les artistes changent de costumes face au miroir sans savoir qu'ils sont encore une fois sur scène. Dans les prisons et dans quelques écoles c'est fait pareillement.

Amusés nous nous sommes arrêtés un instant quand notre chanteuse sur les escaliers entonna de sa voix touchante, maîtrisant à peine son éclat de rire, sur la mélodie de l'aria : « J'ai perdu mon soutien-gorge ».

Quelques spectateurs descendants s'arrêtaient en souriant et applaudissaient, quelques autres n'étaient pas amusés du tout, plutôt choqués.

C'est comme ça : Les gens sont différents.

L'ordre et la discipline

De temps en temps on arrive encore les rencontrer, des gens corrects de bonne apparence, tirés à quatre épingles, le contraire de nombre de touristes, bien habillés et d'une politesse de cosmopolite qui s'intègrent sans trop d'efforts.

Ils règlent toutes leurs factures à l'heure et toujours avec le sourire.

Un de ces gentlemen, commandant retraité d'une compagnie aérienne vit depuis assez longtemps dans le Gard. Il a ses connaissances, ses amis et ses habitudes, tout le monde partage très volontiers un verre avec lui.

Son problème, il entend très, très mal, il est presque sourd, à cause des son travail sur des longues vols transatlantiques.

Il a trouvé la solution, c'est plus lui qui écoute, c'est lui qui parle.

Il peut arriver qu'il s'étonne, parce que quelques autres autour de la table du bistro connaissent aussi ses livres, sa musique et ses films favoris, mais assez souvent ne partagent pas forcement ses opinions et points de vue.

Alors, pour calmer le jeu, monsieur, bon psychologue de comptoir, aime raconter ses mésaventures quotidiennes :

Un jour alors qu'il se rendait à la trésorerie pour régler sa facture de l'eau. Il y arriva 16h moins le quart, tout ce passa bien, des espèces, un reçu et c'est alors qu'il se décida à utiliser le cabinet forcement propre de la trésorerie.

Sorti des toilettes il était 16.05h.

Tout est fermé plus personne dans le bâtiment.

C'est normal, on y travaille jusqu'à 16h !

Et maintenant ? Le vasistas de la toilette : bloqué, impossible de sortir par là.

Mais à l'accueil il remarqua un téléphone, il l'essaya, c'est branché.

Le numéro d'alerte, de secours en Europe c'est la 112.

Il le compose.

Douze minutes plus tard la police arrive devant la trésorerie. Elle dispose des clefs de chaque bâtiment public…

Le rideau métallique est ouvert et en guidant notre ami à l'extérieur, l'un des flics lui tape sur l'épaule en riant aux larmes: « Saisis ta chance au vol ! Si tu étais cambrioleur, tu ne nous aurais certainement pas appelés ! Bonne journée ! ».

Petit papa noël...

Comme enfants nous étions ravis de la fête de noël, de l'ambiance, du parfum et - surtout - du décor magnifique de l'arbre de noël et ses bougies magnifiques.

Les temps changent et le décor avec: l'arbre - s'il y en a encore - est en plastique, les bougies clignotent électriquement.

Si l'on aime participer au progrès, on arrive à fêter chaque soir, à la nuit tombée, une autre fête des lumières (Chanukka), pas à la manière juive, du tout, mais grâce à la technique, sans l'avoir décidé.

Imaginons qu'on habite un petit appartement, salon cuisine, sdb et chambre, et on a l'intention d'être branché au téléphone et à l'internet pour pas perdre ses réseaux sociaux. Ça demande de l'électricité pour être connecté: la lifebox s'est allumée en couleur verte, la rallonge en rouge, la télé pareil, votre poste de radio en bleu, l'ordinateur pareil, l'alimentation de l'imprimante en vert, le micro-onde en orange, et, votre téléphone, une fois décroché aussi. Il n'est pas nécessaire d'allumer le lampadaire, vous allez trouver la table ou le lit sans augmenter la facture de électricité.

C'est une beauté colorée à couper le souffle, reste qu'on commence à chanter des chants religieux et tomber à genoux pour prier que la facture de l'EdF soit pas trop poivrée. Mes les amis écologistes te calment: l'allumage des jolies petites lampes des différentes appareils de communication et de plaisance ne chiffrent guère; une consommation à négliger. Mais, si l'on faisait l'addition de toutes les couleurs branchées pour tous les appareils en veille disons en Europe, ça suffirait pour couvrir la consommation électrique d'une ville comme Avignon, oui, totalement, y compris la nuit.

Qui dit que petit à petit l'oiseau fait son nid? Qui dit 'nucléaire, non merci'? Fais voir, petit papa noël, ce que tu a caché en plus comme jolies surprises dans ton sac à cadeaux, ta boîte de pandore.

Bien sûr il y a des amis qui disposent d'un interrupteur central pour couper l'alimentation de tous ces appareils ou qui les débranchent chaque soir pour les rebrancher le matin à leurs prises, mais, arrivé à un certain âge, on mérite un certain confort. Quand même, n'est-ce pas? Et ton portable te signale en clignotant bleu foncé qu'un ami t'a envoyé un texto la nuit.

Et les nouvelles positives?

Bien sûr que ça fait plaisir si quelqu'un te laisse passer en sortant du parking ou sur le giratoire, qu'il te donne son ticket de parking qui est encore valable pour une demi heure, et - bien sûr, te laisse sortir du magasin avant d'enter.

Et le tout avec le sourire, d'une politesse civilisée naturelle, il y a même des gens se promenant en ligne à quatre au trottoir qui te laissent passer.

Et les automobilistes! Entre temps le chiffre de ceux qui ont intégré le verbe étrange 'clignoter' dans leur langue active et ils le font, en tournant le volant à gauche ou à droite ou en sortant du giratoire augmente visiblement.

La vie est belle, il faut en profiter: le facteur du village s'arrête au bistrot pour te dire qu'il a un colis pour toi, il te le donne en souriant: pas nécessaire que tu te déplace au bureau de la Poste!

Le fait que la loi t'oblige à régler la taxe d'habitation pour ta maison, même si elle est en travaux, pas habitable, n'est pas logique du tout, est absurde, mais donne raison à ton voisin qui te pose la question, quelle est la différence entre le bois et un fonctionnaire? Bon bref, le bois travaille...

Avec le froid le compteur d'eau a claqué, misère! Un appel à la mairie, et de suite le technicien arrive pour le remplacer. Un pourboire? Il refuse, c'est mon travail, c'est normal...

Et comme chaque année c'est l'hiver qui arrive; il fait froid, il fait très froid cette année, la consommation d'énergie électrique augmente énormément. Une vision horrible, si un jour l'alimentation électrique pour la résidence moderne qui nous héberge pour la période de la réfection de notre maison , il n'y aura ni chauffage, ni éclairage, ni possibilité de cuisiner, pas même de préparer un café...une dépendance totale de l'EdF...

En plus, il y a toujours un courant d'air froid dans l'appartement, bizarrement, car les fenêtres ferment très bien. Mais, euréka! - j'ai trouvé pourquoi: La boîte pour les stores dispose d'ouvertures pour une ventilation obligatoire. Par temps de vent fort ça donne l'effet d'une fenêtre ouverte; mêmes les lampes bougent dans le courant d'air et beaucoup de la poussière entre dans l'appartement. J'ai enfin fermé ces ouvertures en les scotchant avec du matériel adhésif. Alors, une température plus agréable, plus de courant d'air, moins de poussière et moins de consommation d'électricité - espérons que ma solution ne provoquera pas de dégas.

Lève tes yeux au ciel (que le saucisson tombe)

Dans « notre » village il y a tant de chats qu'on ne les compte plus.
La plupart entre eux sont demi sauvages. Les plus courageux peuvent, d'une détente au milieu de leur sieste lascive, attraper un oiseau étourdi en plein vol.
Le bon soleil est évidemment nécessaire à une véritable sieste, dans une haie, sous un arbuste ou sur la chaleur irrésistible d'un escalier de pierre.
Quand même ils se rendent ponctuellement aux repas, offert par différents amis des chats, tous ignorant les uns des autres.
Habituellement ils partagent le festin dans un accord muet de guerriers corrompus- en apparence, mais qui ne se rendent pas.
Les chats ont pris l'habitude d'un rendez-vous aux heures fixes sous la fenêtre du premier étage de notre maison.
Midi et soir ils se réunissent, les yeux au ciel, en attendant la manne sous forme de saucisson.
Moi, derrière mes volets, je prépare soigneusement des parts égales de saucisson pour une distribution équitable.
Il faut bien avouer que ce saucisson fumé à l'ail est un premier prix, mais ils en raffolent.
C'est comme dans notre vie quotidienne : on sait bien que c'est une faiblesse de caractère, mais on est heureux de la routine.
Mais comme toujours il y a un caïd.
Ce jour là, m'étant absenté quelques minutes pour répondre au téléphone, je le découvris sur l'appui de la fenêtre. Il avait grimpé par la vigne au mur de la maison et se régalait déjà.
Je rétablis la justice à l'aide d'une grande cruche d'eau froide.
 Nous avons nommé chaque chat selon son caractère.
Une des femelles de la bande s'appelle pour nous « la vache en demi deuil », dite « la vache ». Elle le doit à sa fourrure mi blanc, mi noir.
Une autre, « la grise », la plus sauvage, est aussi la plus

indépendante et la plus méfiante.

Quand un morceau de saucisson tombe, si elle ne l'a pas attrapé au vol, elle peut rester assise devant jusqu'à-ce-qu'elle soit sûre de pouvoir le déguster sans affronter quiconque.

Un autre individu assez particulier c'est la « petite à la queue coupée ». Elle est la plus maligne : courageuse et patiente elle attend le déroulement des événements assise devant la porte.

Immobile et aux aguets.

La première arrivée de bon matin elle se cache derrière les bicyclettes en attendant.

Un beau jour la situation a changé.

Un nouveau groupe, « la dynastie noire », qui nous fréquentait épisodiquement ne manque plus un de nos rendez-vous matinaux.

Il y a le père, qui, de toute évidence, est mentalement perturbé : il réagit toujours avec décalage.

Son fils, comme lui, noir comme la nuit et aux yeux verts semble être moins dérangé. Nous l'appelons « maître Eckhard le fidèle ».

Sa sœur, « Mischka », est encore très joueuse.

Mais étrangement « la petite à la queue coupée » et « la vache » ont quitté la scène sans préavis.

Il nous semblait que « la dynastie noire » ainsi « la grise » étaient fortement attristées et désorientées par leur absence.

Nous non plus ne les avons jamais revu. Jamais.

Chacun essaie de trouver des solutions à ses souffrances : Depuis la disparition des copains maître Eckhard boîte.

Vraiment bleuté ou non – personne ne le saura.

Malgré peut-être des expériences difficiles avec le genre humain les chats recherchent de plus en plus notre affection.

Maintenant du fond de leur dépression élégante ils exigent une nourriture de qualité.

Le saucisson premier prix n'est plus digne d'eux.

Plus de ces jeux enfantins.

La petite noire aussi avait disparu. Sa famille semblait inquiète.
Nous l'avons retrouvée le lendemain cachée sous une voiture.
En nous apercevant elle se mit à gémir à fendre le cœur, les yeux dilatés.
Quand nous l'avons touchée, elle a poussé des cris encore plus plaintifs.
Pour éviter de la faire souffrir nous avons glissé un carton sous son corps.
Visiblement le pauvre animal était sévèrement blessé, bien que rien n'apparaisse.
Il fallait l'emmener immédiatement chez un vétérinaire, ce que nous avons fait.
Il nous a fallu attendre plusieurs heures pour qu'il nous informe enfin par téléphone que la radio montrait une fracture du bassin.
Il nous a conseillé de la garder au moins 14 jours enfermée au calme.
Chaque jour il fallait lui donner un médicament pour qu'elle guérisse.
Ce n'était pas charmant du tout, garder un chat dans une cage vite bricolée au jardin à l'ombre..
Nettoyage deux fois par jour, à boire, à manger … bref, le 13. de bon matin elle avait disparue. Avec une force incroyable elle avait réussi à bouger une tuile de sa prison et à s'échapper.
Il nous a fallu deux jour pour la retrouver. Elle s'était cachée sous un arbuste, presque crevée de soif.
Tout doucement nous sommes arrivés à vaincre sa méfiance envers les êtres humains : elle boit , elle mange, elle est en train de se reconstituer, même si elle ne bougera jamais comme avant. Mais il semble qu'elle ne souffre plus, bien que son bassin soit mal ressoudé. Elle va rester handicapée à vie.
Peut-être l'affection envers un animal blessé est plus intense, parce que le danger de mort pour lui est beaucoup plus grand : jamais plus elle pourra courir et s'échapper, se défendre ou chasser quoi que ce

soit.

Et ses compagnons ? Drôle de vie de chats : d'abord curieuse, sa famille l'ignore maintenant. Elle aimerait tellement partager le temps de repas avec les autres, mais ils la fuirent. Sauf les chiens et les grands oiseaux qui s'occupent des restes.

Elle n'est plus comme les autres. Elle est seule.

En nous apercevant elle se mit à gémir à fendre le cœur, les yeux dilatés.

Quand nous l'avons touchée, elle a poussé des cris encore plus plaintifs.

Pour éviter de la faire souffrir nous avons glissé un carton sous son corps.

Visiblement le pauvre animal était sévèrement blessé, bien que rien n'apparaisse.

Il fallait l'emmener immédiatement chez un vétérinaire, ce que nous avons fait.

Il nous a fallu attendre plusieurs heures pour qu'il nous informe enfin par téléphone que la radio montrait une fracture du bassin.

Il nous a conseillé de la garder au moins 14 jours enfermée au calme. Chaque jour il fallait lui donner un médicament pour qu'elle guérisse.

Ce n'était pas charmant du tout, garder un chat dans une cage vite bricolée au jardin à l'ombre..

Nettoyage deux fois par jour, à boire, à manger ... bref, la 13. de bon matin elle avait disparue. Avec une force incroyable elle avait réussi à bouger une tuile de sa prison et à s'échapper.

Il nous a fallu deux jour pour la retrouver. Elle s'était cachée sous un arbuste, presque crevée de soif.

Tout doucement nous sommes arrivés à vaincre sa méfiance envers les êtres humains : elle boit , elle mange, elle est en train de se reconstituer, même si elle ne bougera jamais comme avant. Mais il semble qu'elle ne souffre plus, bien que son bassin soit mal ressoudé. Elle va rester handicapée à vie.

Peut-être l'affection envers un animal blessé est plus intense, parce que le danger de mort pour lui est beaucoup plus grand : jamais plus elle pourra courir et s'échapper, se défendre ou chasser quoi que ce soit.

Et ses compagnons ? Drôle de vie de chats : d'abord curieuse, sa famille l'ignore maintenant. Elle aimerait tellement partager le temps de repas avec les autres, mais ils la fuyent. Sauf les chiens et les grands oiseaux qui s'occupent des restes.

Elle n'est plus comme les autres. Elle est seule.

Zeitfracht Medien GmbH
Ferdinand-Jühlke-Straße 7
99095 Erfurt, Deutschland
produktsicherheit@kolibri360.de